LE PASSAGER DE LA NUIT

Maurice Pons

LE PASSAGER DE LA NUIT

ROMAN

Préface de Valérie Zenatti

Éditions du Rocher

Cet ouvrage a paru pour la première fois aux éditions Julliard en 1960.

TEXTE INTÉGRAL

ISBN 978-2-7578-6572-9

PRÉFACE

Siège passager

Je ne sais pas conduire (sauf dans un rêve récurrent où je file inexplicablement sur l'autoroute Paris-Bordeaux au volant d'un véhicule à l'habitacle grège, mais c'est une autre histoire). Pourtant, ou peut-être grâce à cette incapacité, je n'aime rien tant qu'entrer dans une voiture côté passager. Il y a ce moment où j'ouvre la portière, me cale dans le siège, étends mes jambes, lâche prise, confie à un autre que moi le soin d'accomplir les gestes pour mettre le contact, embrayer, rouler. J'aime observer mes amis conduire, et par-dessus tout les hommes dont je suis amoureuse, c'est une concession que je fais volontiers à une imagerie romantique, tant pis pour le cliché, ces voyages sont des bonheurs puissants où, à la sensation d'être portée, se superposent le travelling du paysage et le sentiment d'avancer à un rythme qui épouse celui de la vie, qui prend alors l'aspect d'un ruban bitumé.

Et puis il y a les voyages de nuit, la trouée dans l'obscurité, la solitude à deux, temps mouvant et immobile à la fois, espace traversé, silences et chuchotements. Ce sont des voyages où la conscience de traverser un monde effacé par l'obscurité induit une acuité tranquille, ou profonde.

J'ai embarqué dans *Le Passager de la nuit* en ignorant tout du livre, dans une édition datant de 1991 ne comprenant pas de quatrième de couverture. Cela faisait longtemps que je n'avais pas ouvert un livre sans savoir où j'allais. Où l'on me mènerait plutôt. Et, je l'avoue ici, je n'avais jamais rien lu jusque-là de Maurice Pons.

> Le soir tombait. Nous roulions en silence. Sur la route devenue large et lisse, les lignes jaunes, tout au long des courbes, traçaient leurs messages en morse rapide. Au-dessus de la voiture ouverte, les arbres glissaient dans l'eau du ciel comme les algues d'un grand fleuve.

Qu'est-ce qui fait la matière sensible d'un texte ? Qu'est-ce qui le fait entrer en nous, se nicher dans une place qui lui était manifestement réservée mais que nous ignorions ?

Un savant dosage de familiarité et d'inconnu peut-être. Un homme, une femme, raconte une histoire, habille la réalité de mots et nous transmet une perception qui trouve écho en nous, tissée dans un maillage d'images inédites.

Les premières phrases m'ont calée dans mon fauteuil. J'étais prête à rouler, à me laisser embarquer dans un livre où je découvrais qu'une voiture pouvait être un personnage de roman, posséder « un instinct mécanique », « un rien de snobisme » et glisser avec « la légèreté d'un faucon ». Et ce personnage menait un dialogue surprenant avec la route et les rares véhicules qu'il s'amusait à dépasser. Le narrateur avait une écriture souple, « il écrit comme il conduit » me dis-je, de façon tendre, élégante et facétieuse. Rassurante, y compris lorsque la vitesse augmente, peut-être parce que même lorsqu'il est tendu par le mutisme ou les réponses de son passager, il garde cela pour lui, trahit à peine une légère irritation. Et aussi parce qu'il a accepté d'embarquer ce passager clandestin dont il ne sait rien, cet Algérien qui ne ressemble pas aux ouvriers entassés dans des bidonvilles à Nanterre, car très vite la route dévoile que nous sommes dans la France de la « guerre d'Algérie », une France qui semble si champêtre et paisible mais où des regards hostiles dardent sur l'Algérien lors d'une halte, où le menu du déjeuner est à 450 francs, où l'on fume évidemment des Gauloises et où « des barrages ont été établis sur les routes » après un attentat en plein Paris contre un certain Si Charouf. Et la révolution, la guerre, le terrorisme, les positions tranchées du passager, celles bien plus floues du narrateur-conducteur embarquent à leur tour dans ce *road-book*, se faufilent avec eux dans la nuit, s'arc-boutent parfois dans la méfiance pour se dissoudre quelques instants plus tard dans une preuve de confiance ou de sincérité. Les combats qui font rage de l'autre côté de la Méditerranée laissent place à la joute entre deux hommes : l'Algérien mystérieux, fier et vulnérable, et son chauffeur curieux, maladroit et courageux, spontanément courageux lorsque le passager blêmit devant des gendarmes, parce que ce courage est une autre preuve de son élégance discrète, celle-là même qui lui fait évoquer Françoise dans des apartés beaux et poignants, Françoise dont nous ne saurons presque rien et qui n'apparaîtra jamais en chair et en os – et pour cause, ils ne seront plus jamais ensemble, et nous le regrettons avec lui, sans avoir besoin d'en savoir plus sur cette histoire.

Et l'on referme le livre une fois la traversée achevée (d'une traite, c'est encore mieux), en se disant que Maurice Pons déjouait les clichés à sa manière, et peut-être sans intention (c'est encore mieux aussi) : il aimait manifestement les voitures et les femmes, mais aussi la langue et les livres, les hommes et leurs rugosités, la France, le désir de justice et de liberté, et l'on se sent reconnaissant de nous avoir accepté sur le siège de sa décapotable dont il est si fier.

Valérie Zenatti
Paris, mars 2017

Note de l'éditrice

L'œuvre de Maurice Pons, « doucement bouleversante », m'a toujours semblé être une œuvre de première importance. Chanceux celui qui n'a pas encore lu *Les Saisons*, ou *Mademoiselle B.*

J'ai entretenu une correspondance avec Maurice Pons entre 2015 et 2016, j'avais souhaité lui dire combien son travail comptait et lui proposer de passer certains de ses ouvrages en poche. Il était enchanté à cette idée. Nous avons examiné des solutions pour permettre aux lecteurs d'accéder plus facilement à ses livres. M'étant aperçue que *Le Passager de la nuit*, un livre fondamental sur la guerre d'Algérie, n'était plus disponible, je lui ai écrit pour savoir s'il m'autorisait à le passer en format poche. Il répondait toujours avec célérité et je me suis donc inquiétée de son silence. Et c'est avec tristesse, mais sans surprise, que j'ai appris, le matin du 13 juin 2016, le décès de Maurice Pons, survenu cinq jours plus tôt. Je me suis rendue, peinée, à mon bureau aux Éditions Points et là, une lettre m'attendait, une lettre de la sœur de Maurice Pons qui m'écrivait pour me dire que son frère était hospitalisé et qu'il la chargeait de m'assurer être très favorable à la réédition du *Passager de la nuit*. Je fus troublée par ce message de confiance que je recevais au-delà de sa mort. Et je n'eus de cesse que je réussisse à republier ce texte en le dotant d'une préface inédite – Valérie Zenatti m'a fait l'amitié d'accepter de l'écrire, enthousiasmée par la force du livre.

Trente ans déjà !

par Maurice Pons

Les écrivains d'âge mûr, assurait Jean-Paul Sartre, n'aiment pas qu'on les félicite de leurs premières œuvres. Pour lui, son meilleur livre était toujours celui qu'il était en train d'écrire, et, autant que je sache, il était toujours en train d'écrire.

Pour moi, au contraire, qui écris assez peu – c'est le moins qu'on puisse dire ! – rien ne me semble plus réconfortant que de voir mes ouvrages de jeunesse appréciés et réédités, un à un, année après année. C'est ma façon à moi de ne pas vieillir, de retrouver la fervente espérance du débutant que, comme tout écrivain, j'ai bien dû commencer par être. C'est ma façon aussi de m'inscrire en faux contre la tendance éditoriale d'aujourd'hui, qui vise à diffuser les livres un peu comme les yaourts, avec la rituelle et pressante recommandation au lecteur : « À consommer dans les six semaines ».

Trente années déjà se sont écoulées depuis qu'a paru, chez René Julliard, la première édition de ce

Passager de la nuit, et je m'en souviens comme si c'était hier. La sale guerre d'Algérie battait son plein et commençait à gangréner la France entière. C'était après Palestro, après Charonne, et nous étions peu nombreux alors – à peine plus de 121 ! – à oser soutenir sur le territoire français le Front de Libération National de l'Algérie. À cette époque, notre général-président et ses ministres s'égosillaient à crier encore : « Algérie Française ! Algérie Française ! », pendant que les nervis de l'OAS, en plein Paris, estropiaient notre cher Vladimir Pozner, aveuglaient la petite Delphine Renard. Les quelques pamphlets courageux qui ont paru alors – ceux de Pierre-Henri Simon (contre la torture), de Francis Jeanson, d'Henri Alleg, de Jacques Vergès et Georges Arnaud (pour Djamila Bouhired) – étaient systématiquement ignorés ou saisis, leurs auteurs en prison, ou en fuite, comme Noël Favrelière, condamné à mort par contumace.

C'est René Julliard qui m'avait suggéré de mettre sous le titre de mon récit l'appellation contrôlée de « roman ». « Jusqu'à présent, on n'a pas encore saisi de roman ! » me disait-il, habile et perspicace. De fait le livre, quoique cité en exemple de la littérature « anti-France » au sein même de l'Assemblée nationale, ne fut pas inquiété. Moi non plus. Et la presse dans son ensemble feignit de l'apparenter plutôt à *Adolphe* et à *La Princesse de Clèves*... Mais moi je savais, et je me réjouissais de savoir, que mon *Passager de la nuit* circulait jour et nuit, de cellule en cellule, à Fresnes, à la Santé, à la Roquette, à Fleury-Mérogis, où étaient incarcérés mes amis français et algériens.

À l'automne dernier, plus de trente ans après qu'il eut été kidnappé par l'armée française, je retrouvai Ahmed Ben Bella qui attendait ses filles à l'aéroport de Barcelone. Nous devions embarquer le soir même pour cette « croisière » mémorable vers Alger. Trente ans après, je n'étais pas peu fier d'entendre le premier président de la République algérienne évoquer le temps où il lisait *Le Passager de la nuit* dans sa prison militaire de Melun.

Mon livre avait été assez rapidement traduit à Moscou et largement diffusé dans toute l'Union soviétique, où l'on soutenait résolument la lutte pour l'indépendance de l'Algérie. Quelques mois après sa parution dans la fameuse collection *Ogoniok*, j'appris par ma traductrice soviétique que, sur une place de Tallinn, capitale de l'Estonie, on était en train de dresser des terrasses de café, avec parasols, et d'édifier des colonnes Morris en carton, portant en bandoulière les fameux mots incantatoires « Dubo… Dubon… Dubonnet », symboles dans l'imagerie soviétique de la vie et du paysage français. La ville médiévale de la Baltique revêtait une parure occidentale et prêtait complaisamment le décor de ses vieilles rues pour jouer le rôle d'une petite ville de France. On y tournait les premières scènes d'un nouveau film intitulé *Notchnoï Passagier*.

En arrivant à Moscou, au cœur de l'hiver, je n'eus de cesse que de pénétrer dans la citadelle des studios de Mosfilm, qui s'étendent sur les cinquante hectares d'une colline entière à la porte de la capitale. Dans le hall d'entrée, les bustes d'Eisenstein, Dovjenko, Poudovkine ; les trophées et diplômes remportés dans les récents festivals internationaux par les films qui ont fait maintenant le tour du monde : *La Cigale*, *Le 41*^{e}, *La Ballade du soldat*, *Quand passent les cigognes*… À travers le dédale des ateliers et des plateaux, j'arrive enfin jusque dans la salle d'un petit café de France : une table de « routiers », en blouson de cuir et en pull-over ; une table de petits rentiers jouant à la belote ; une table de parachutistes en bordée, entourés de quelques Brigitte Bardot de province ; enfin, là, seul à une table, devant un verre vide, un jeune Algérien en chemise blanche, le front marqué d'une cicatrice en étoile, et serrant sur ses genoux son sac de voyage. J'y suis, c'est mon passager de la nuit, pendant la halte de Montbard, dans la Côte-d'Or, en France.

Je ne comprends pas le russe, mais voilà que je reconnaissais dans la bouche de ce parachutiste français de Moscou certaines phrases (faciles) de mon livre :

– Moi, tous les Ben Bella et compagnie… criait-il.

Et il me sembla même qu'il ajoutait, en jetant un œil noir au jeune Algérien qui lui tournait le dos :

– … Je les écraserai !

Quand, à la fin de la prise, Manos Zacharias, le metteur en scène, me présenta à toute son équipe, je constatai avec surprise que chacun ici, non seulement les acteurs, mais les techniciens, les machinistes, les électros, les figurants même, tous avaient leur petit *Ogoniok* en poche, tous avaient lu le *Notchnoï Passagier*. Ils me posaient toutes sortes de questions précises sur le livre, sur le film, mais aussi sur la France, sur l'Algérie, sur la guerre.

Un point me préoccupait encore : et la voiture ? La puissante et élégante voiture décapotable de Georges Pradier est, d'une certaine façon, le lecteur le verra, le personnage principal de ce récit. Et je savais qu'on ne fabrique pas de cabriolet de sport en URSS.

– Eh bien, venez voir ! me dit en riant Anneka, la jeune assistante de Manos.

Elle me conduisit vers un autre coin de l'immense plateau, et là, cachée derrière des panneaux de transparence, sous la lumière des herses, je vis resplendir une somptueuse voiture rouge, un cabriolet deux places, bas sur pattes, une ligne à la fois puissante et racée, un bolide à faire rêver tous les amoureux de la vitesse et de la route, comme je l'étais alors. Je n'en croyais pas mes yeux.

– Est-ce qu'elle vous plaît ? me demande ironiquement Anneka.

Tandis que je m'installais aux commandes, jouant de l'embrayage et du levier de vitesses, tandis que je manœuvrais la capote électrique, elle m'expliqua le fin fond de l'affaire : la voiture était un prototype de roadster à injection directe, construit spécialement par les usines Chevrolet, à Detroit (USA), pour la première exposition américaine de Moscou qui s'était ouverte l'année précédente. Le ministère du Commerce extérieur de l'URSS avait obtenu de racheter le modèle aux organisateurs américains et, à la demande des directeurs des studios Mosfilm, il l'avait mis à la disposition du réalisateur…

Et c'est ainsi que, durant six semaines, les petites rues médiévales de Tallinn en Estonie, puis les studios Mosfilm à Moscou s'emplirent du vrombissement du dernier-né des bolides américains. Tout cela parce qu'un jeune cinéaste soviétique, pour servir la cause des combattants algériens, avait décidé de porter à l'écran le livre d'un jeune écrivain français.

Que sont mes lecteurs devenus ? Trente ans après, je m'efforce de ne pas me poser la question. Je sais que les uns ont disparu, comme René Julliard, comme René Lalou, comme André Wurmser, qui avaient si bien défendu mon livre. D'autres, à Paris, à Alger, à Moscou, sont aujourd'hui ministres, ambassadeurs, académiciens ou éditeurs. Moi, je suis toujours là, enraciné dans ce Moulin d'Andé, où j'étais venu il y a trente ans écrire ce *Passager de la nuit* à l'abri des tempêtes. Saison après saison, en ai-je noirci des feuilles, comme un vieil arbre obstiné à reverdir chaque printemps les siennes !

Au Moulin d'Andé
Janvier 1991

LE PASSAGER DE LA NUIT

Le soir tombait. Nous roulions en silence. Sur la route devenue large et lisse, les lignes jaunes, tout au long des courbes, traçaient leurs messages en morse rapide. Au-dessus de la voiture ouverte, les arbres glissaient dans l'eau du ciel comme les algues d'un grand fleuve.

J'écoutais avec une attention extrême le bruit rassurant du moteur. À travers ce bruit, je me plaisais à suivre par l'esprit la course harmonieuse des pistons dans les cylindres, le jeu régulier des soupapes et la rotation familière de l'arbre. Il me semblait même discerner, de temps à autre, l'évaporation brutale d'une gouttelette d'essence qui, de l'un des carburateurs, devait tomber sur le bloc. Agostini m'avait prévenu : il y aurait lieu de vérifier le fonctionnement de ce flotteur. Mais ça n'était pas dramatique. Sur le cadran du compte-tours, l'aiguille blanche s'était immobilisée un peu au-delà de la verticale ; les batteries chargeaient, la température interne était normale, la pression d'huile également : nous étions partis pour une bonne route.

Il portait une chemise blanche à col ouvert et un pantalon de flanelle grise. Il était assez grand, ce qui l'obligeait, dans la voiture basse, à replier les genoux assez haut. Sur les genoux, il tenait serré, par-dessus son imperméable plié, un de ces petits sacs de toile que donnent à leurs voyageurs certaines compagnies d'aviation. Le sien était marqué, sur la toile bleue, des sigles blancs d'une compagnie de transport scandinave.

– Vous prenez souvent l'avion ? lui avais-je demandé, pour tenter d'engager la conversation.

– Cela m'arrive, avait-il répondu.

C'est tout ce que nous nous étions dit depuis Paris. Depuis Paris, il avait gardé les deux mains croisées sur les anses de son sac. Il avait les mains pâles, et les doigts longs ; des ongles très soignés et taillés en pointe.

Une 403 noire filait bon train devant nous, se balançant sur son châssis dans les virages. Je la serrai de près dans la côte du Grand Veneur et donnai deux coups d'avertisseur. Je vis s'allumer ses feux clignotants, et elle déboîta sur la gauche pour doubler une camionnette. Je dépassai à mon tour la camionnette et attaquai la voiture dans le replat. Bien qu'elle eût forcé l'allure, je la distançai dans la descente sur Fontainebleau. Juste avant le carrefour, je passai aussi, en trombe, une Citroën blanche, que je coinçai quelque peu en me rabattant.

– Vous conduisez vite, me dit alors mon passager.

Il n'y avait dans son intonation ni approbation ni reproche.

– Vous avez peur ? lui demandai-je, et, en abordant le virage, je rétrogradai une vitesse, dans un fort grondement de moteur.

Il ne répondit pas, et nous poursuivîmes notre route en silence à travers la forêt.

Au carrefour de l'Obélisque, il m'arrive souvent de faire plusieurs fois le tour de la place, avant de choisir ma route. J'appelle cela : jouer au pigeon voyageur, et c'est ma façon de rendre hommage, par de savants crissements de pneus, à l'admirable ordonnance des lieux. En ai-je accroché déjà des souvenirs frivoles, en compagnie légère, à cet obélisque des dimanches ! Combien de soirs n'y suis-je pas venu prendre l'air du printemps, en sortant du bureau, avec Françoise ! Tandis que nous tournions en rond sur la place, elle s'accrochait à moi, elle m'embrassait dans le cou, en répétant : « Ah ! j'adore ta voiture… »

Mais je pouvais me douter que ces facéties automobiles ne seraient pas du goût de mon sombre passager. Je chassai mes souvenirs et piquai droit sur la nationale cinq.

Le soir qui tombe, c'est l'heure glorieuse des routes. Les grands arbres, agités par le vent, se découpent sur le ciel bleu sombre et les ombres frémissent sur l'asphalte. Les virages se perdent au cœur de la campagne claire. C'est aussi l'heure de la plus heureuse combustion : dans l'air frais du soir, la pipe des carburateurs aspire l'essence avec ivresse, le moteur ronronne de quiétude, sensible aux moindres attouchements.

Nous roulions ventre à terre, inondés de vent, à l'extrême gauche de la chaussée. Je jouais de la trompe avec le genou gauche, et les voitures bourgeoises s'écartaient sur notre route. Je me plaisais à imaginer de quels épithètes on devait m'y qualifier, et je suivais de coups d'œil rapides l'aiguille blanche du compte-tours qui gagnait, qui gagnait, qui gagnait sur la droite. Mon compagnon ne bronchait pas.

Tout de suite, ce fut Moret, que nous contournâmes dans une courbe dédaigneuse. Moret, avec ses deux portes, avec ses ponts du XIVᵉ siècle, c'était, il n'y a pas si longtemps, la catastrophe de la nationale cinq. Que de fois ne m'y étais-je trouvé coincé dans des files de carrioles, obligé de marquer le pas derrière des poids lourds ou des voitures à chevaux, croulant sous des sacs de farine. À se croire en plein Moyen Âge ! Autrefois, c'est vrai, les routes s'efforçaient de relier les villes entre elles ; aujourd'hui, elles s'ingénient à les éviter et elles s'en vont battre la campagne en tous sens. À Moret, l'on pouvait faire halte et acheter chez le confiseur les fameux bonbons pralinés qu'on croquait jusqu'à Montélimar. Tant pis pour les bonbons ! La déviation avait dû coûter des milliards, je me faisais un devoir de gagner quelques minutes. Non que je fusse vraiment pressé. Pour ce que j'avais à faire maintenant dans le film de Roger, je pouvais bien n'arriver à Champagnole qu'à midi – ou ne pas y arriver du tout ! Mais ma voiture n'aime pas à rouler lentement. Ça lui donne le hoquet. Et ça l'énerve.

Comme nous glissions donc habilement autour de la ville, mon compagnon me dit soudain, sans même me regarder, comme s'il poursuivait la conversation interrompue avant Fontainebleau :

– En tout cas, s'il arrivait quelque chose, n'oubliez pas : vous ne me connaissez pas, vous m'avez pris sur la route.

J'avais été frappé déjà par le timbre un peu guttural de sa voix, qui faisait ressortir les consonnes, presque au détriment des voyelles ; mais je n'avais pu observer encore combien sa diction était lente, appliquée même. Le maître articulait ainsi, à l'école communale de Châteauroux, où j'allais étant enfant, lorsqu'il nous faisait faire une dictée.

C'est un réflexe de vanité qui me fit lui répondre sèchement :

– Il n'arrivera rien.

On apercevait sur la gauche le vieux pont qui traverse le Loing. L'eau jouait dans les herbages et la lumière du soir d'été jouait sur l'eau. C'était un paysage pour piéton. Je surveillais l'aiguille des tours et la théorie des poteaux de ciment blancs qui escortaient sagement la route au long des courbes. Je me grisais de vitesse et de vent. Mais lui, sans se laisser impressionner par le ton sec de ma réplique, poursuivit de sa même façon lente :

– Convenons tout de même d'un endroit : l'obélisque de Fontainebleau, si vous voulez.

Je ne répondis pas, il n'ajouta rien. Il me déplaisait de me voir pris, sans savoir pourquoi, dans un engrenage de mensonges, dont je ne pouvais savoir ce qu'ils cachaient.

Peu après Moret, la route tourne et s'élève, sectionnée par une irritante ligne jaune. Devant nous avançait une 2 CV Citroën, qui suivait elle-même un énorme camion jaune de la maison Calberson.

Du genou, j'actionnai ma trompe et, me moquant de toute interdiction, je passai la petite Citroën, le camion Calberson et deux autres voitures que je n'avais pas vues et qui ahanaient dans la côte. Un camion-citerne qui descendait à vive allure m'obligea à me rabattre, puis je repris la gauche pour doubler en force une série de voitures docilement rangées derrière une camionnette. J'arrivai seul sur le replat. Pas de gendarme. Je fonçai dans la ligne droite.

Que ce type m'exaspérait avec ses mystères, avec son mutisme ! Déjà je m'en voulais de m'être chargé d'un passager aussi déplaisant ; il allait me gâcher mon voyage. Et j'en voulais aussi à Bernadette. C'est elle qui m'avait téléphoné dans l'après-midi au journal : « ...Tu vas à Champagnole, ce soir ?... tu ne voudrais pas emmener un copain ?... » Ce sont des services qu'on ne refuse pas, nous avions pris rendez-vous à cinq heures et demie au *Petit Paris*.

En souvenir de la rencontre de Louis XV et de Marie Leczinska arrivant de Pologne, un obélisque autrefois fut érigé. Charmante et aristocratique façon de marquer d'une pierre blanche une journée faste. L'obélisque est toujours là, tout bête au bord de la route. Je le saluai en passant, d'un ample coup de trompe. C'est ainsi que j'honore l'histoire, et l'amour. En vérité je n'aime rien tant que donner de la trompe. Tous les prétextes me sont bons.

Je me serais volontiers expliqué là-dessus avec mon compagnon de voyage, s'il avait daigné m'interroger. Mais non. Il demeurait impassible, les yeux fixés, autant que j'en pouvais juger, sur la fuite lointaine de la route qui pâlissait avec la lumière du soir, les jambes toujours repliées sous le tableau de bord, les mains immobiles, toujours posées sur son sac.

J'avais cru que Bernadette parlait vraiment d'un copain, un de ces petits jeunes gens de la production qui pour porter trois boîtes de pellicule se font payer le train, et en première classe, jusqu'à Champagnole et qu'il faut encore aller chercher à la gare en voiture. J'avais été quelque peu surpris de la trouver au *Petit Paris* en compagnie de cet homme taciturne, en chemise blanche ouverte.

Ils étaient assis, non pas sur la terrasse comme je l'avais suggéré à Bernadette, mais tout au fond de la salle, dans un coin sombre, entre le bar et la porte des toilettes. Elle était sur la banquette, guettant l'entrée ; lui, sur un tabouret, tournant le dos à la salle.

Dans le rétroviseur, loin derrière nous sur la route droite, j'aperçus une petite voiture basse qui semblait marcher à bonne allure. Elle avait dû déboucher de Montereau, au Petit Froissard, car je ne me souvenais pas l'avoir dépassée. Je ralentis et la laissai s'approcher.

C'était un jeune imbécile, qui jouait au champion dans une Simca-sport verte. On allait pouvoir s'amuser. Je rétrogradai une vitesse et serrai la droite.

Il s'annonça en trompetant. Il portait une casquette et un blouson de cuir. Auprès de lui, se trouvait une petite demoiselle, un foulard noué sur la tête. Ils devaient faire du 120-130 kilomètres à l'heure. Je repris peu à peu de la vitesse, et quand ils se trouvèrent à ma hauteur, j'accélérai à fond. Ma voiture bondit en avant, et nous nous trouvâmes lancés ainsi flanc à flanc sur la ligne droite et grise de la nationale.

À cinq cents mètres environ devant nous, il y avait un gros camion gris qui ne ferait pas de quartier. Le jeune homme affolé trompetait dans sa Simca. Mais il ne cédait pas pour autant.

Le temps pour moi de repasser ma quatrième, il gagna quelques mètres et crut à sa victoire. Mais maintenant il n'était plus de force : je le remontai seconde après seconde et parvins à prendre la gauche devant lui, juste à temps pour dépasser le camion.

Nous l'avions échappé belle : une petite Renault arrivait en sens inverse, qui m'obligea à me rabattre devant le poids lourd. Le routier m'envoya un jet de phare bien mérité dans le rétroviseur, et j'entendis, déjà loin derrière, le crissement de frein de la petite Simca. Un coup de frein à culbuter dans le fossé. Le jeune homme devait être pâle de peur et de rage. Je repris une allure modérée.

Bernadette s'était levée tout de suite, à mon arrivée au *Petit Paris*.

– Voilà Georges ! avait-elle annoncé, et je ne me souviens pas qu'il y ait eu d'autres présentations.

Il s'était levé aussi, et nous avons dû nous serrer la main. Oui, je m'en souviens, nous nous sommes serré la main.

Il était jeune encore, et plus grand que moi. Il avait le teint basané et de beaux yeux noirs. Il portait une courte moustache, taillée en triangle. Mais ce qui m'avait tout de suite frappé, c'est une profonde cicatrice violette qui lui étoilait le front au-dessus de l'œil droit. Pourquoi le cacher ? Il me fit tout de suite la plus sinistre impression.

– C'est vous que j'emmène ? lui dis-je sans aménité. Eh bien, allons vite ! Je suis en double file.

Et me tournant vers Bernadette, pour lui marquer ma désapprobation, j'avais ajouté :

– Je t'avais pourtant bien dit de vous mettre à la terrasse.

Nous avions traversé l'Yonne, et nous en remontions, sur la rive droite, la vallée large et belle. En contrebas de la route, de superbes peupliers d'Italie faisaient à la rivière française une haie d'honneur. La lumière du soir en baignait encore les hauts feuillages, mais l'ombre avait gagné les herbages de la rive. La route grise, qui épousait la courbe lente de la vallée, semblait blanchir d'instant en instant. Quelques voitures déjà avaient allumé leurs feux de position.

– Bientôt Sens, annonçai-je dans le vent.

– C'est à combien de Paris ? demanda-t-il.

– Cent douze. On a bien marché. On boira un verre.

Pour le coup, je me montrais aimable. J'espérais sans doute que, devant une table de café, nous en viendrions à nous montrer plus loquaces. Je me reprochais aussi la brusquerie dont j'avais fait preuve au *Petit Paris*. J'avais refusé de « prendre quelque chose », ainsi qu'il m'en priait, et, devant mon impatience, il s'était hâté de mettre un billet sur la table, sous le cendrier. Il tenait son imperméable sur le bras et, à la main, son petit sac de toile.

– C'est tout ce que vous avez comme bagage ? C'est parfait ! avais-je dit, et nous avions traversé à la queue leu leu la salle, puis la terrasse du café.

Bernadette nous avait accompagnés jusqu'à la voiture. Elle avait ouvert elle-même, puis refermé la portière du côté de son ami et, pendant que je mettais en marche, je me souviens de la façon assez masculine dont elle lui avait posé une main sur l'épaule, après qu'il fut installé, en répétant plusieurs fois :

– Bon voyage, alors ! Alors, bon voyage, hein !

Il me semble maintenant que j'avais pressenti déjà entre eux, dans leurs paroles, dans leurs gestes, dans leurs regards, une espèce de complicité.

Le moteur tournait, j'embrayai doucement, en faisant de la main un signe d'adieu à Bernadette. J'étais pressé de quitter Paris et d'échapper au grand rush de six heures vers les boulevards extérieurs.

Devant la cathédrale Saint-Étienne, à Sens, se trouve un superbe parking. L'ampleur de l'espace réservé, son agencement autour d'une fontaine, la disposition harmonieuse des places en cheval de frise, ménageant de larges couloirs latéraux, tout y séduit l'automobiliste de passage. Je ne manque jamais, quant à moi, d'y faire halte, d'autant plus volontiers que des cafés bordent la place, offrant la possibilité de garder un œil sur la voiture, tout en consommant.

Le fond de l'air avait fraîchi, et nous étions frigorifiés. À rouler en plein vent, il semble que le froid pénètre à l'intérieur du visage ; il vous plisse les yeux, vous hérisse les cheveux. J'avais les doigts raides aussi, et comme figés autour du volant.

– Sens ! Arrêt-buffet ! m'écriai-je joyeusement, en coupant le contact.

J'étais déjà dehors, et me dégourdissais les jambes sur la place ; il sortit lentement, laissant son imperméable dans la voiture, mais ne lâchant pas son sac. Il regardait tout autour de lui d'un air contraint.

– On va prendre quelque chose de chaud, fis-je cordialement, en l'entraînant vers le café. Cela nous fera du bien.

La salle était presque vide. Un poste de radio l'emplissait de musique inepte. Sur le bar, il y avait une pile de *France-Soir*, fraîchement arrivés de Paris. Un jeune homme parlait en faisant de grands gestes. Derrière le comptoir, une serveuse paysanne, en tablier de cuisine, briquait des soucoupes avec son torchon. Quand nous entrâmes, elle nous jeta un regard hostile, et le jeune homme se tut.

La jeune serveuse prit son temps, puis s'approcha de notre table. Je commandai un café et un rhum.

– Pour moi, un café au lait, demanda mon compagnon de voyage.

– Du lait, y en a pas, fit la serveuse sèchement sans le regarder.

– Alors un café, dit-il.

Elle retourna lentement vers son comptoir et commença sa petite cuisine. Je ne savais comment effacer l'impression offensante de cet accueil. Je cherchais quels mots je pourrais dire pour rompre le silence : « Vraiment, vous ne voulez pas un rhum… Ça réchauffe, le rhum… » Mais rien ne venait, et mon embarras devait être visible, car ce fut lui, enfin, qui parla, presque à voix basse.

– On ne nous aime pas beaucoup, vous savez, dit-il.

Et comme le silence se prolongeait, il ajouta :

– C'est normal.

Nous étions assis face à face. Lui tournait le dos au comptoir. Entre nous, la surface lisse de cette étroite table de bistrot, en matière plastique rouge sombre, qui rendait d'une certaine façon le silence encore plus nu. Je sortis ma pipe et ma blague à tabac. Au moins cela m'occuperait les mains.

Ce qui m'ennuyait, c'est que fumant la pipe je ne pouvais rien lui offrir à fumer. Mais comme s'il avait attendu que je donne le signal, il prit aussitôt dans sa poche un paquet de cigarettes, en assez piteux état, et plus qu'à moitié vide.

– Vous ne préférez pas une cigarette ? me demanda-t-il.

– Non, merci. J'aime bien ma pipe.

Je fumais un excellent mélange de Virginie, que Françoise m'avait rapporté d'Amérique, dans une grosse boîte ronde, qui faisait bien une livre. Ce tabac avait embaumé nos dernières soirées. C'est tout ce qui me restait aujourd'hui de Françoise. Je l'en appréciais d'autant.

Au premier coup d'œil, j'avais cru voir un paquet de gauloises bleues. Mais comme il l'avait laissé sur la table, je le regardai plus attentivement et je vis que c'étaient des Bastos algériennes. Je ne les aimais pas, mais je les connaissais bien : à chaque fois qu'il revenait d'Alger, Alain en rapportait au journal. Il les préférait aux gauloises et déplorait de ne pas en trouver à Paris.

La musique de la radio prit fin brusquement et l'on entendit la voix solennelle d'un speaker vanter soudain les bienfaits d'un produit détersif. C'est alors que le jeune homme accoudé au comptoir déploya lentement son journal pour en tourner les pages. Les gros titres me sautèrent aux yeux : « *Ce matin, en plein Paris, attentat contre M. Si Charouf... Barrages dans les gares et aux portes de la capitale...* »

C'est tout ce que je pus lire, mais je regardai soudain avec une espèce d'inquiétude cet étrange passager qu'on avait embarqué dans ma voiture et dont je ne savais vraiment rien. Et il me revint en esprit la question qu'il m'avait posée en arrivant à Sens : « C'est à combien de Paris ? » – la seule question qu'il m'eût posée depuis notre départ.

De nouveau, la musique mielleuse emplit la salle. La serveuse fit le tour de son comptoir, elle y prit le plateau qu'elle avait préparé et s'approcha de nous.

– Ça fait cent quarante, annonça-t-elle, en déposant sur la table les deux tasses et le petit verre de rhum. Deux morceaux de sucre étaient placés sur chacune des soucoupes. Le café avait débordé et les avait considérablement humectés.

Il mit la main à sa poche, mais j'avais prévenu son geste.

– Je vous en prie, lui dis-je, en tendant à la serveuse un billet, et j'ajoutai avec une brusque colère : vous nous donnerez un cendrier !

Le café était tiède, le rhum mauvais. J'avais hâte de quitter cet endroit où je me sentais, je ne sais pourquoi, comme suspecté ; j'avais hâte de retrouver la grisante douceur de la route. Mais comme nous sortions du café, tant m'avaient inquiété déjà les titres de *France-Soir*, je remarquai que derrière le comptoir, entre les verres propres et les bouteilles, sur une tablette, il y avait un appareil téléphonique. À la vue de cet appareil, sans bien comprendre comment, le mot qui me vint à l'esprit fut curieusement : Sainte-Menehould.

Le soir était tombé. Il noyait d'ombre la place de la cathédrale. Le parking avait pris un aspect quasiment nocturne et ma voiture ouverte semblait hors de saison.

– Il vaudrait mieux fermer la voiture, déclarai-je.

– Oui, j'aimerais autant, dit-il.

Quand je suis seul, je me mets à genoux sur mon siège, et je tire à moi la barre transversale de la capote. Je me retourne ensuite pour verrouiller. À deux, il est plus pratique de prendre chacun, de l'extérieur, l'une des poignées latérales et de rabattre le toit sur le pare-brise. On ferme ensuite les charnières de l'intérieur.

C'est ce que j'ai fait cent fois avec Françoise ; c'est ce que j'expliquai ce soir-là à mon compagnon de route, qui se prêta volontiers à la manœuvre. Du moins me prêta-t-il une main : de l'autre, il tenait toujours par les anses son petit sac de voyage.

Avec son toit, ma voiture n'est plus la même. Elle paraît basse du cul, elle a l'air d'un gros crapaud. Mais on est bien dedans, comme sous une tente ronde, et c'est un plaisir, lorsqu'il pleut, d'entendre, bien à l'abri, la pluie qui vous tambourine sur la tête. Cela permet aussi de plus grandes vitesses.

J'étais déjà installé au volant, j'avais verrouillé la capote et mis le moteur en marche. Il me demanda une seconde.

– Le temps de passer un tricot, dit-il.

Il était debout devant la portière ouverte. De ma place, je ne voyais de lui que le haut de son pantalon et la moitié de sa chemise. Mais il posa son sac sur son siège et son buste pénétra dans la voiture. Ses mains ouvrirent la fermeture Éclair, sortirent du sac un pull-over de laine gris et refermèrent rapidement.

Pendant le court instant où il resta ouvert, je n'avais pu m'empêcher de jeter un œil sur son sac : sous le pull-over, je n'avais aperçu que du papier journal. Il se redressa, abandonnant le sac fermé sur le siège, et bientôt, par-dessus la chemise blanche, je vis glisser sur son torse le chandail gris.

J'ai dit déjà qu'il était assez grand. Il eut quelque mal à s'introduire dans la voiture fermée ; mais enfin, il y parvint et il reprit la position qu'il avait adoptée depuis

Paris : les jambes repliées sous le tableau de bord, son imperméable plié et son sac posé sur les genoux.

Quand je le vis bien installé, j'allumai mes lanternes et je démarrai. Je repris sur ma gauche la route qui traverse Sens. Ce voyage, décidément, commençait à me passionner.

En sortant de la ville, je m'aperçus que nous nous étions trompés de route. C'est que ma voiture a l'habitude d'aller dans le midi. Son instinct mécanique et, je suppose, un rien de snobisme l'avaient fait traverser Sens de part en part et foncer tout droit, par la nationale six, sur Auxerre et Avallon.

Si j'avais été seul à bord, je l'aurais aussitôt obligée à rebrousser chemin, ce qu'elle déteste, et à reprendre sa route à l'entrée de Sens. Mais je ne voulais pas l'humilier devant un étranger. Nous en serions quittes pour bifurquer à Joigny et rattraper la nationale cinq à Saint-Florentin.

J'avais enclenché mon second carburateur et déjà je fonçais dans la ligne droite. Le moteur ronronnait de sa terrible puissance. La route était peu fréquentée et la voiture balayait la nuit de ses phares. Mais on devinait encore, à ses lignes d'arbres, les larges courbes que traçait l'Yonne dans les prés.

Je me préparais à passer en trombe à travers Rozoy, quand j'aperçus à l'entrée du village, sur la gauche et sur la droite de la route, plusieurs voitures arrêtées, tous feux allumés. Je ralentis aussitôt, j'avançai au pas, et je vis alors deux gendarmes qui sur la chaussée, une lanterne à la main, faisaient se ranger les voitures. Il me revint aussitôt en tête les mots que j'avais lus dans *France-Soir* au café de Sens : « ... *des barrages ont été établis sur les routes...* ».

– Ça y est, nous sommes faits, me dis-je.

Aux portes de Paris, nous n'avions pas été contrôlés et je n'avais rien remarqué d'anormal. Il est vrai que, pour gagner du temps et éviter les embouteillages, nous avions quitté la ville par la Poterne des Peupliers, suivant un itinéraire connu de moi seul. Nous n'avions rejoint la grand-route qu'à la hauteur de Ris-Orangis. Pourquoi diable étais-je venu me fourvoyer sur cette nationale six, infestée de policiers ? Il n'était pas question de forcer le barrage, il était trop tard aussi pour faire demi-tour.

Mon cœur battait à grands coups, je me sentais la gorge sèche. Je n'étais vraiment pas fait pour la vie héroïque. Quant à mon passager, son visage ne trahissait aucune émotion. Il regardait à travers le pare-brise ce rassemblement de voitures et ce déploiement de forces de police, avec la placidité d'un badaud devant un accident de la circulation. Peut-être après tout n'avait-il aucune raison de s'inquiéter ? Mes frayeurs n'étaient peut-être qu'un effet insolite de mon imagination ? Cependant, lorsque nous nous trouvâmes arrêtés, à quelques mètres d'une grosse Frégate commerciale, il fit un seul geste, précis et rapide : se retournant à demi, il déposa son sac derrière son siège. Puis il attendit, sans bouger, sans rien dire.

Déjà, mais sans le vouloir, je me surpris à répéter, dans de très lointaines profondeurs de ma pensée, cette leçon qu'il m'avait apprise : « Vous ne me connaissez pas... Carrefour de l'Obélisque, si vous voulez... » Je m'accrochais malgré moi à cette petite phrase, avec le sentiment d'un grand réconfort, avec le sentiment aussi d'une plus grande lâcheté.

Un gendarme s'approchait de la voiture, du côté de la chaussée. Il tenait une lampe de poche à la main. Je descendis rapidement la glace. J'avais son ceinturon juste à la hauteur des yeux, avec l'étui de son revolver. Il posa une main sur la toile de la capote et plia le buste.

– Monsieur, dit-il d'abord en guise de salutation. Vous avez la vignette fiscale de la voiture ?

– Pardon ? fis-je, éberlué.

– Votre vignette fiscale, répéta-t-il, et sa position étant par trop incommode, il se redressa.

L'avais-je, ou ne l'avais-je pas ? Vraiment la question était saugrenue ! Je me souvenais l'avoir achetée, cette sacrée vignette, au début de l'année, dans un tabac de la rue La Boétie. C'était un jour de petite neige. J'étais avec Françoise. Comme je l'aimais alors ! Nous avions marché longtemps, tendrement, dans le froid et la boue. Mais qu'en avais-je fait depuis, de ma vignette ? Qu'en avais-je fait ? Je la voyais avec une certitude précise dans le tiroir gauche de mon bureau, avec mon passeport et mes vieux carnets de chèques. Comme c'était bête !

Mon portefeuille était dans ma poche-revolver. Je l'en extirpai maladroitement ; mes doigts tremblaient. Je trouvai la carte grise de la voiture, et, dans la carte grise, la vignette. Je les tendis l'une et l'autre par la portière, au gendarme.

Il alluma sa lampe de poche et examina attentivement mes papiers. Puis il fit le tour de la voiture, pour en vérifier, je pense, les numéros d'immatriculation. Enfin, il revint à la portière et me rendit les documents.

– Pas de radio ? demanda-t-il encore, en se penchant à nouveau, et il envoya un jet de lumière sur le tableau de bord.

– Non, pas de radio.

Il recula de trois pas et, d'un geste impérieux, il me donna le passage sur la chaussée.

Je n'avais pas arrêté le moteur, je passai une vitesse et embrayai doucement. Je contournai la Frégate commerciale, toujours immobilisée, et dont le conducteur parlementait avec un autre gendarme. « Ce paysan aura paumé sa vignette ! » pensai-je joyeusement, puis, rapidement, je traversai le village de Rozoy.

C'est seulement quand je retrouvai la ligne droite, que la détente se fit ; j'éclatai de rire, de la paume des mains je martelai mon volant à petits coups, je répétai sottement : « Quels cons, ces flics ! quels cons ! » et je me sentais joyeux comme si je venais d'accomplir un exploit.

Lui, me regardait avec une sorte d'amusement. Peut-être ne lui déplaisait-il pas de sentir croître en moi un certain sentiment de complicité, ou du moins un peu de cette camaraderie qui peut naître entre les hommes les plus différents, devant les mêmes dangers affrontés ensemble. Il ne se départait pas pour autant de sa naturelle prudence.

– Ce sont des gendarmes de campagne, dit-il de façon assez sentencieuse. Ils font ce qu'on leur dit de faire.

Pour le coup la conversation était engagée. Nous nous trouvions enfermés pour plusieurs heures, côte à côte, dans cet igloo de toile, au milieu de la nuit. Les pâles lumières du tableau de bord et les aiguilles blanches des cadrans délimitaient devant nous un étrange univers aux dimensions abstraites. Au-delà des vitres, la France passait à toute allure, dans un cataclysme d'arbres et de fermes, comme une planète en folie. Nous pouvions parler.

Je tentai de développer d'abord, à propos des gendarmes, cette curieuse idée qui m'était venue à Sens.

– À Sainte-Menehould aussi, dis-je, ce sont des gendarmes de campagne qui ont reconnu Louis XVI. Drouet était un ancien dragon, fils de postillon. Il a aussitôt sauté à cheval, il est arrivé à Varennes avant le roi, pour donner l'alarme et faire sonner le tocsin. Aujourd'hui, avec le téléphone…

– Mais quoi ? coupa mon compagnon, qu'est-ce qui vous fait penser que Louis XVI est en fuite ?

Il avait parlé avec une ironie certaine, et qui me laissa court. Plus intime, il m'aurait carrément demandé : « Vous ne me prenez pas pour Louis XVI, non ? » Je sentis que, sur cette voie, je ne manquerais pas de me perdre dans les méandres de l'histoire. Il fallait attaquer de front.

Nous avions dépassé Villeneuve-sur-Yonne. Les courbes de la route épousaient celles de la rivière. La nuit était superbe. On pouvait voir, au loin sur la gauche, la masse noire de la forêt d'Othe monter à l'assaut du ciel. De temps à autre, les lumières d'une voiture striaient la nuit comme des météores.

J'étais décidé à ne pas en rester là, et je cherchais maintenant de quelle façon plus directe je pourrais l'aborder. Comme je préparais ma question, assez excité, je dois le dire, par ce rôle de détective que je jouais, il me prit de court, et, à n'en pas douter, pour faire dévier une conversation qu'il jugeait déjà dangereuse, il me lança à brûle-pourpoint, sur un mode nettement interrogatif :

– On m'a dit que vous faisiez du cinéma ?

Ça, c'était un coup de Bernadette. Je me vis contraint, d'une certaine façon, de raconter ma vie, alors que je brûlais de connaître la sienne. Il me fallut lui expliquer longuement, et de la façon la plus embarrassée, non pas que « je faisais du cinéma », mais que, travaillant dans un magazine, il m'arrivait d'écrire des nouvelles, que l'une de ces nouvelles avait intéressé mon ami Roger Lemery, que nous en avions tiré un scénario et que ce scénario était en train de devenir un film.

– Comment s'appellera-t-il ?

– *Mademoiselle Hermeline.* Vous pourrez le voir bientôt. J'espère.

Il ne me lâchait plus : il voulait savoir, en détail, le sujet de ma nouvelle, le nom de nos interprètes, le temps prévu pour le tournage ; il voulait surtout comprendre pourquoi nous tournions à Champagnole, dans le Jura, une histoire que j'avais primitivement située à Châteauroux.

– C'est une question de sapins, lui dis-je. Aux environs de Champagnole, dans la forêt de Joux, se trouvent les plus belles sapinières de France. Des arbres géants, de trente à quarante mètres de hauteur. C'est magnifique.

– Mais vous parliez de sapins dans votre nouvelle ?

– Pas du tout. Dans l'Indre, il vient surtout des chênes et des hêtres. Mais, pour Roger, mon histoire est seulement un prétexte pour photographier des sapins. Partout où il a lu : arbres, forêts, sous-bois, il a vu des sapins. C'est un passionné des sapins.

On entre dans Joigny par une belle promenade qui borde l'Yonne. La station Shell était encore ouverte ; ses pompes à essence, en bordure de la chaussée, étaient illuminées comme autant de reposoirs. J'en avais assez de parler de cinéma : j'obliquai brusquement sur la gauche et m'arrêtai pour faire le plein.

Je coupai le contact et, n'apercevant personne, je donnai deux brefs coups d'avertisseur. Un jeune garçon en salopette bleu-roi finit par sortir de la cabine vitrée, et s'approcha lentement de nous. Je ne l'avais pas choisi : c'était un jeune Algérien, au type kabyle très marqué. Il avait mauvaise mine, et des boutons infectés sur le front.

– Le plein, lui dis-je, quand il fut devant moi, en lui tendant par la fenêtre la clé du réservoir. Super.

– Oui, monsieur. Tout de suite, monsieur.

Il disparut vers l'arrière de la voiture, et bientôt nous entendîmes, par-dessus le bruit régulier de la pompe électrique, l'écoulement joyeux de l'essence dans le réservoir. J'avais remis le contact, et je suivais le remplissage sur la jauge.

Le garçon revint à ma portière pour se faire payer, (« Merci, monsieur. Merci beaucoup, monsieur »), puis il insista pour nettoyer mon pare-brise.

C'est alors qu'il aperçut mon passager. Son expression changea brusquement : je vis passer sur son visage, d'abord la surprise, et aussitôt après, à ne pas s'y tromper, la haine, une haine meurtrière.

Il avait nettoyé avec une éponge, puis séché avec un chiffon, la partie gauche du pare-brise ; il lui fallut bien passer à la partie droite. Visiblement, cela lui crevait le cœur. Il fit le tour de la voiture, par-devant le capot. Il m'était impossible d'imaginer quelles pensées lui traversaient si violemment l'esprit. Mais il gardait les yeux fixés sur le visage impassible de mon compagnon, et je le voyais frotter la vitre avec des gestes rageurs. Par son seul regard, il avait chargé le silence d'une densité oppressante, comme si, du monde anonyme et un peu intemporel d'une station-service, il nous avait brutalement ramenés dans l'univers réel des hommes et des luttes fratricides.

Je remis le moteur en marche et le garçon s'écarta de la voiture. Je démarrai lentement, mais dans mon rétroviseur, avant de rejoindre la chaussée, je le vis au milieu de la piste, en proie à une rage froide, qui jetait son éponge sur le sol et lançait vers la voiture des gestes imprécatoires.

Nous roulâmes un instant en silence. Le moteur avait repris son bourdonnement régulier, le vent sa musique sournoise dans les jointures de la capote.

L'attitude de ce jeune Algérien m'avait vivement impressionné. Bientôt, n'y tenant plus, je risquai une question délicate :

– Comme il avait l'air hostile, ce jeune gars, fis-je d'un ton neutre, et assumant ainsi ma part de cette hostilité que je savais parfaitement dirigée contre lui seul.

Il prit un temps de réflexion et me répondit enfin, prudemment :

– C'est la guerre, chez nous, vous comprenez.

Pour prudent qu'il fût, je l'avais tout de même amené à se dévoiler ; j'avais surtout amené la conversation sur le terrain qui m'intéressait. J'enchaînai très vite :

– Justement. Vous devriez vous sentir tous complices, tous…

Il me coupa tout de suite.

– Ça n'est pas si simple, dit-il. La guerre engendre d'abord la méfiance.

Nous glissâmes sans ralentir à travers Laroche et Migennes. Je garde toujours le souvenir d'une nuit abominable que je dus passer à cheval sur ces deux communes, peu après le débarquement, dans la salle d'attente d'une gare ravagée par les bombardements. Je faisais la guerre à l'envers, il me fallait atteindre Paris avant les alliés. J'avais laissé à Nancy la femme que j'aimais, et que je ne devais jamais revoir. Il n'y avait pas de train, l'aube était glaciale, c'était affreux.

Il poursuivit de lui-même, après un long moment de silence où j'invoquais ces ombres.

– Comprenez bien, dit-il, sans que j'eusse à l'interroger. Ce gosse travaille de nuit dans un garage, il cotise chaque semaine pour le Front, ses frères sont peut-être au combat, peut-être en prison ; il me voit passer dans une voiture de sport, avec un jeune Français. Qu'est-ce que vous croyez qu'il pense de moi ?

– Un traître ?

– Oui, quelque chose comme ça.

– S'il vous considère comme un traître, repris-je, il pouvait facilement vous descendre. Et moi avec.

– Mais non, rassurez-vous, fit-il avec un sourire calme. On ne descend pas les gens comme ça. Avec une éponge.

La route étroite longeait un étroit canal, bordé de jeunes bouleaux. La surface des eaux était calme et noire. Dans ce coin de France endormie, le paysage donnait une impression de profonde sagesse. On aurait dit une image de livre de géographie, plongée dans l'encre de Chine. Nous la traversions des faisceaux blancs de nos phares. Je commençais à avoir faim et je poussai un peu sur l'accélérateur.

La chaussée était déformée, coupée de creux et de bosses. Sur le devant du capot, je voyais mon oiseau de chrome piquer du nez dans la nuit, puis resurgir pour replonger encore, dans un mouvement d'étrave. Je m'accrochais fermement à mon volant. Mais lui tressautait sur son siège, sans pouvoir se retenir à rien.

– Vous devriez vous attacher, lui dis-je. On va faire de la vitesse.

Ces larges et épaisses courroies de cuir, qui ceinturent les sièges de ma voiture comme ceux d'un avion, sont ma grande fierté. Ceux qui me connaissent savent qu'elles ont été déterminantes, tout autant que les six cylindres et le double carburateur, dans le choix que je fis de ce bolide, l'automne dernier, au garage d'Agostini. À mes passagères, pour faire de l'effet, à Françoise par tendresse, je les impose ; mes passagers, généralement, les dédaignent. Mais celui-ci, docilement, s'amarra sur son siège. J'y vis une preuve de simplicité, et finalement d'intelligence.

Je me sentis comme tenu de justifier mes exigences. C'est sur les mauvaises routes que j'aime à rouler vite. Pendant quelques instants, sur cette chaussée bombée, nous prîmes une telle vitesse que même l'eau du canal semblait animée d'un courant violent. Je dus ralentir pour traverser la tortueuse Brienon, puis à nouveau je donnai les gaz et fonçai vers la nationale cinq. Le canal avait renoncé à nous suivre.

Il était huit heures bien passées, mais sur la grand-route nous trouvâmes encore un certain trafic, et dans les deux sens. Cela m'obligeait à une conduite plus ou moins dangereuse. Il me fallait me faufiler entre les voitures et les camions, jouant habilement des phares. Je n'hésitais jamais, pour obtenir le passage, à aveugler l'adversaire. Mon compagnon ne bronchait pas. Seulement, de temps à autre, il posait une main sur l'appui de sa portière, comme pour y chercher une protection dérisoire, puis il s'imposait de la ramener sagement devant lui.

À ce petit jeu, nous fûmes vite à Saint-Florentin. Nous passâmes les ponts sur l'Armance – une rapide pensée pour Stendhal – et nous retrouvâmes bientôt le canal de Bourgogne qui avait pris un raccourci. Je lui lançai un défi dans la ligne droite, sur la route large et lisse. Ma voiture s'envolait, mais le canal ne lâchait pas. Je brûlais Flogny, Cheney, il était toujours là. Je fonçais sur Dannemoine, il me talonnait. Les arbres formaient entre nous comme un mur. Enfin j'aperçus sur ma droite les étagements de Tonnerre, piqués de vives lumières. Un ultime effort, un violent virage qui fit chanter la nuit et je coupai brutalement la route, et au canal et à la rivière Armançon.

Nous avions, sur ces quelques kilomètres, gagné de précieuses minutes ; nous aurions pu nous arrêter à Tonnerre pour y dîner tranquillement. J'y connaissais une excellente auberge. Mais ma voiture avait pris goût au jeu, et j'aurais eu mauvaise grâce à la contrarier. D'autant que je savais qu'après Tonnerre la route devient passionnante : étroite, sinueuse, noire, c'est un véritable écheveau qu'elle tresse, tout au long de la vallée de l'Armançon, avec la rivière et le canal. Une série de petits ponts, qu'on aborde par de brusques virages, lui permettent de traverser sans cesse de la rive droite à la rive gauche, puis de retraverser de la rive gauche à la rive droite.

Rien ne me plairait tant que de faire la course, entre Tonnerre et Montbard, avec un canot automobile, lancé sur le canal. Voilà un match que j'organiserais, si j'étais préfet de l'Yonne. À chaque course, il y aurait bien quatre voitures au fond de l'eau. Cela attirerait les touristes, bien plus sûrement que les petites églises du XIIe siècle. Mais en attendant, je lutte pied à pied, virage après virage, avec un canot imaginaire. Il lance dans la nuit des gerbes d'écume, parfois il s'envole par-dessus les ponts pour me couper la route, ma voiture grince dans les tournants et frôle les parapets : je le distance toujours.

– Buffon ! annonçai-je en arrivant à Buffon, et en l'honneur du naturaliste du même nom, je donnai dans la nuit deux larges coups de trompe.

Buffon a sa statue sur la grand-place de Montbard, sa ville natale. Et c'est justice. Michelet et lui sont les deux écrivains français qui ont fourni à nos grammairiens les meilleurs textes de dictée. Pour un styliste, quelle consécration ! Buffon était donc là, dressé dans la nuit sur notre route, avec son jabot de dentelle, devant la maison qu'il habita.

J'expliquai à mon compagnon, brièvement, mon point de vue sur Buffon, et je lui proposai de dîner sous son ombre savante.

– Si vous voulez, dit-il poliment. Mais, comme pour adopter le ton futile de mes propos, il ajouta : on sera mieux qu'à l'ombre d'un général.

Nous avions traversé Montbard, avant même d'avoir ralenti, et nous ne trouvâmes un bistrot qu'après avoir franchi le pont sur la Brenne, à la sortie de la ville.

C'était le restaurant d'un petit hôtel de campagne qui ne payait pas de mine. Avec ses gros chiffres blancs sur fond rouge – *Menu à 450 francs* – un panneau-réclame tentait bien, au bord de la route, d'attirer les touristes. Mais, visiblement, l'endroit ne devait être fréquenté que par les camionneurs de passage et des ouvriers de la ville. Il y avait du reste plusieurs gros camions, constellés de feux rouges, en stationnement aux abords de l'hôtel, qui formaient dans la nuit, des deux côtés de la route, comme une caravane foraine ; des vélos aussi étaient garés contre le mur, fraternellement imbriqués les uns dans les autres.

On entrait par une porte vitrée. La salle était pleine, elle sentait bon la bonne soupe et le tabac gris.

J'avais sans doute eu tort de choisir pour dîner un endroit où notre présence ne pouvait passer inaperçue.

Mais je ne pensais pas que notre entrée attirerait à ce point l'attention : je m'étais effacé pour laisser passer devant moi mon invité et, quand j'eus refermé la porte derrière nous, j'éprouvai la désagréable impression de nous sentir exposés comme des acteurs sur une scène. Les conversations s'arrêtèrent, le silence se fit d'un coup et les regards se tournèrent vers nous.

La première pensée qui me vint fut que nous étions, lui et moi, debout, et cernés de toutes parts par des gens attablés. Puis je perçus ce que notre apparence même pouvait avoir ici d'insolite. En fait d'Algériens, ces ouvriers de la Côte-d'Or, ces routiers de la nationale cinq n'avaient sans doute jamais rencontré que de ces manœuvres faméliques qu'ils voient besogner sur les chantiers, dans d'incroyables vêtements de ville usés et déformés jusqu'à la loque. Ce beau jeune homme en pantalon clair et en pull-over, son air de sereine majesté, l'étoile bleue de sa cicatrice sur le front visiblement leur en imposaient, comme les intriguait ce sac de voyage aérien qu'il tenait légèrement au bout de son bras. L'impression était si forte qu'avec mon blouson, mes cheveux drus et mon allure de petit casseur français, je ne devais plus faire figure que d'escorte, et comme nous traversions la salle du restaurant sur toute sa longueur pour gagner une table libre que j'avais enfin aperçue, dans les chuchotements que faisait naître notre passage, il me sembla entendre, mais peut-être n'était-ce qu'une déformation de mon imagination : « … vise-le, hein, Ben Bella » ou : « je te le dis, un Ben Bella… ».

La table qui nous restait était tout à côté d'un gros fourneau rond. La saison n'était pas à ce point avancée pour qu'on l'allumât, mais sa présence même avait quelque chose de familier et de réconfortant. Je m'assis contre le fourneau, face à la salle ; lui se mit en face de moi, regardant vers la cuisine.

Le patron nous souhaita le bonsoir et disposa lui-même entre nous sur la table une nappe de papier. Il se montrait empressé – ou tout au moins pressé. On n'aime guère, en province, servir après neuf heures du soir. Il nous proposa un bœuf aux carottes, ce qui me convenait fort bien et ne souleva pas d'objection de la part de mon hôte. Je demandai pour commencer du pâté et des rillettes, et, puisque nous étions en Bourgogne, une bonne bouteille de vin rouge. Cela plut au restaurateur, qui devait être plus ou moins vigneron, et il nous l'apporta aussitôt, avec deux verres ballons. Il la déboucha auprès de notre table, en émettant quelques aphorismes sur l'été qui avait été beau. Puis il nous laissa seuls et je remplis nos deux verres.

– J'espère que vous buvez du vin ? lui demandai-je avec, dans ma question, d'autres questions clairement sous-entendues.

Il le comprit fort bien, et ne répondit rien.

Nous avions commencé à boire, et déjà le restaurateur avait disposé sur notre table des assiettes et des couverts, lorsque mon compagnon se leva, en me demandant de l'excuser, pour se rendre aux toilettes.

Si je note cette circonstance, ce n'est pas pour le plaisir d'accumuler les détails prosaïques. C'est parce qu'il fit alors un geste qui me parut très révélateur : s'étant levé, et ayant déjà, me semble-t-il, fait deux ou trois pas en arrière, il revint vers la table et ramassa au pied de sa chaise son sac de voyage.

Vis-à-vis du patron et des clients du restaurant, qui gardaient plus ou moins les yeux fixés sur lui, qui le suivirent du regard lorsqu'il retraversa la salle, c'était presque une provocation ; envers moi, c'était presque une offense. Il le savait très bien, il le fit cependant, et avec tant d'aplomb que, lorsqu'il revint un instant plus tard s'asseoir à notre table, je n'estimai pas possible de l'interroger là-dessus. Mais cet incident me tracassait, et il y avait plus que de la curiosité dans mon esprit, il y avait de l'appréhension. Ce sac de toile était l'objet de soins si suspects que je pouvais, en effet, redouter le pire.

Notre repas, cependant, se poursuivit sans que rien n'arrivât. Nous ne pouvions, dans un lieu public, soutenir de conversation explosive. Aussi parlions-nous, je ne m'en souviens plus au juste, de la route, de la cuisine, de la France. Mais même sur les questions les plus banales, il me fallut bientôt m'apercevoir combien son optique était différente de la nôtre. Les sujets que je jugeais les plus innocents, avec lui devenaient délicats. Ainsi, comme je lui demandais s'il avait pu voir quelque spectacle à Paris :

– Vous n'y pensez pas ! fit-il presque sévèrement. Vous savez bien qu'il nous est pratiquement interdit de circuler le soir.

Il me raconta alors l'aventure d'un jeune étudiant marocain de ses amis qui, peu après son arrivée à la Cité Universitaire, avait prétendu, contre l'avis de ses camarades, aller voir un film sur les Champs-Élysées. Arrêté par deux inspecteurs à la sortie du métro, il avait passé la nuit au poste, et Marocain ou pas Marocain, étudiant ou pas étudiant, il n'avait été relâché que le lendemain soir.

– Depuis, je vous assure qu'il ne pense plus à sortir, concluait-il. Les films français, il les verra l'année prochaine... à Lausanne !

Il mêlait toujours dans ses propos l'humour et l'amertume, comme il mêlait dans son comportement la politesse et la fermeté. Je commençais à me rendre compte que je n'avais pas affaire avec le premier venu. Je saisis l'occasion de lui poser une question plus personnelle, et qui pouvait avoir trait à son voyage vers la Suisse :

– Vous-même, lui dis-je, vous étudiez à Lausanne ?

– Non, fit-il. Mais j'y ai des amis.

Et comme si tout de même, par égard pour la déférence que maintenant je lui témoignais, il consentait à se départir de sa réserve, peut-être aussi pour ne pas avoir à insister sur ces « amis » qu'il avait à Lausanne, il me confia qu'il avait commencé ses études de médecine à Montpellier.

– C'est l'université la plus raciste de France, commenta-t-il aussitôt.

Et il entreprit de me le prouver en évoquant quelques souvenirs de sa vie d'étudiant que j'aurais honte de rapporter ici.

Il employait volontiers des locutions telles que : « Lorsque la révolution a éclaté… » ou : « Au commencement de la guerre… » ou : « Quand la guerre sera finie… », et il me fallait à chaque fois faire l'effort de me mettre à sa place pour comprendre de quelle guerre, de quelle révolution il s'agissait dans son esprit.

Nous avions pris un excellent fromage, une sorte de bâtard de la tomme et du boursin, et nous attendions en bavardant que l'eau chaude passât goutte à goutte à travers le filtre de nos cafés. Les clients nous avaient un peu oubliés, le patron rinçait des verres à son comptoir. Pourquoi fallut-il que sa femme, ayant terminé son travail à la cuisine, entrât à ce moment dans la salle du restaurant, et dans un geste quasi machinal tournât le bouton de la radio ? Nous ignorant résolument, elle fit le tour des tables et serra des mains, tandis que la salle s'emplissait de musique commerciale. Puis ce furent les informations.

L'événement du jour était l'attentat commis le matin contre M. Si Charouf devant le palais du Luxembourg.

De sa voix sèche et naturellement hargneuse, le speaker en relatait minutieusement les circonstances : c'était peu avant dix heures. Alors que la voiture du sénateur de Constantine, remontant la rue de Tournon, marquait un temps d'arrêt avant de franchir la rue de Vaugirard, les « tueurs », dissimulés jusque-là dans le bureau de poste, s'étaient approchés et avaient ouvert le feu à bout portant. Deux d'entre eux avaient été abattus par les gardiens de la paix en faction devant le Sénat qui ripostèrent aussitôt ; un troisième grièvement blessé. Dans la fusillade, une jeune femme, assise à la terrasse du café *Le Tournon*, ainsi qu'un receveur de l'autobus 58, atteints par des balles perdues, avaient dû être transportés à l'hôpital Cochin. On pensait que, profitant de l'affolement général, plusieurs complices avaient réussi à s'enfuir. Mais des opérations de contrôle étaient en cours dans tous les hôtels du quartier, ainsi que dans les milieux nord-africains de la capitale. On avait bon espoir de mettre la main sur toute l'organisation terroriste.

Le speaker retraçait maintenant la carrière politique de M. Si Charouf, sénateur de Constantine, ancien combattant de 1914-1918, officier de la Légion d'honneur, et qui avait consacré sa vie à l'amitié franco-musulmane.

Dans ce petit restaurant de Montbard, en Côte-d'Or, aux dramatiques nouvelles de Paris, il se fit d'abord un silence consterné. Lui tournait le dos à la salle, mais moi je voyais tous les regards qui s'étaient à nouveau portés sur nous, sur sa nuque légèrement inclinée, ourlée de lourds cheveux noirs. Comme il avait sorti une cigarette de son paquet de Bastos, je lui offris du feu, et il pencha le buste en avant, au-dessus de la table. À la flamme de mon briquet, qui allumait deux éclairs dans ses prunelles noires, j'observais son visage impassible, hermétique. Pas le moindre tremblement ni dans les doigts, ni sur les lèvres.

– Merci beaucoup, dit-il seulement, en rejetant sa fumée, et à mon tour j'allumai ma pipe.

Comme pour donner plus de poids à l'événement, ou parce que peut-être elle en avait assez entendu pour alimenter les conversations du soir, la patronne revint vers le poste et tourna les boutons.

– Si c'est pas malheureux, tout de même ! fit-elle en haussant les épaules, sans regarder personne, mais visiblement à notre intention.

Elle parcourut les stations du poste de radio, jusqu'à ce qu'elle eût trouvé la voix d'un mâle connu qui poussait la romance. La salle partageait son émotion et, sur ce bruit de fond doucereux, nous pouvions entendre les réflexions qu'échangeaient les clients à haute voix : « … ils n'ont pas besoin de venir se canarder chez nous… » ; « ça les avance à quoi, je te demande… » ; « … toujours les braves gens à l'hôpital… ». La réprobation était unanime, sans nuance, et certains commentaires nous étaient plus directement adressés. J'entendis à nouveau prononcer le nom de Ben Bella : « Tous les Ben Bella et compagnie, moi… »

Il affectait de ne rien entendre et demeurait comme étranger à ce climat d'hostilité. Mais je commençais, moi, à me sentir vraiment mal à l'aise, je ne savais plus de quel côté porter les yeux et je m'agitais sur ma chaise. Je me lissais les cheveux avec le bout des doigts, signe manifeste, chez moi, d'un extrême embarras. Il devenait pénible et, pensais-je même, dangereux de prolonger cette halte. Sans consulter mon convive, avec une brusque autorité, je demandai l'addition au patron.

Il sortit de son tiroir un petit carnet à souche, fit ses calculs et vint déposer sans un mot la note sur notre table. Comme mon compagnon de voyage insistait pour partager l'addition, j'eus un mot qui le fit, je ne sais pourquoi, sourire

– Laissez donc, dis-je. Vous êtes étudiant.

Ce mot, à dessein, je l'avais prononcé à voix forte : il ne me déplaisait pas qu'autour de nous on l'entendît.

Le patron me rapporta ma monnaie, murmurant à peine un merci. Pas de question sur le bœuf aux carottes, rien sur la fraîcheur des dernières nuits de l'été. Nous nous étions levés, il avait repris son sac, et il nous fallut retraverser la salle l'un derrière l'autre, drainant le silence autour de nous. Arrivé devant la porte, je me retournai à demi et lançai d'une voix suffisamment claire :

– Bonsoir !

Personne ne répondit. Nous sortîmes.

Je dois encore rapporter ici un petit fait qui pourra paraître incongru. C'est cette fois pour éclairer mon propre état d'esprit à ce moment de notre voyage. À la fin du dîner, j'avais pensé me rendre à mon tour aux toilettes. Mais il m'était apparu, tant s'étaient détériorés soudain, dans ce restaurant, les sentiments manifestes de notre entourage, qu'il y aurait quelque risque à laisser mon compagnon seul parmi ces gens hostiles. Je ne parle pas d'un risque physique, mais j'avais l'impression, à tort peut-être, que ma présence même le protégeait contre d'éventuelles invectives. Et ce qui vaut d'être noté, en tout cas, c'est que, consciemment, j'assumais ce rôle protecteur envers un individu que je ne connaissais nullement et qui ne m'inspirait à moi-même, je l'ai dit déjà, qu'une confiance relative.

Voilà pourquoi, quand nous eûmes rejoint la voiture, que j'avais laissée un peu à l'écart de l'hôtel, à la suite des camions en stationnement, il me fallut pisser dans l'herbe, au bord de la route.

Nous avions repris nos places et le moteur avait retrouvé son rythme puissant. À mon poste de pilotage, le volant en main, un œil sévère sur les cadrans du tableau de bord, je me sentais à nouveau plein d'assurance. La fumée de ma pipe emplissait la voiture d'une épaisse odeur de miel. Nous étions presque seuls sur la route lisse qui traversait la nuit.

Notre conversation amicale, pendant le dîner, avait rompu la glace entre nous et, tandis que déjà nous filions à belle allure en direction de Dijon, je me crus autorisé à parler plus librement.

– Vous avez entendu les nouvelles ? lui demandai-je sans ambages. Qui est ce sénateur-là, ce Si Chelouf… Cherouf ?

– Si Charouf ? fit-il rapidement. C'est une créature de votre gouvernement. Un traître condamné à mort depuis longtemps.

Le ton de cet éloge funèbre était sans réplique et je ne voulais pas me risquer à défendre un personnage dont je ne savais rien. Mais il y avait les victimes imprévues de la fusillade. Je lui demandai s'il avait entendu les réflexions faites presque à haute voix dans la salle du restaurant.

– Eh oui ! me dit-il gravement. Qui pourra jamais faire la part, dans une mêlée, des coups inutiles et des coups nécessaires ?

Nous restâmes un moment en silence, méditant, chacun de son côté, sur ce grand thème. Puis il reprit, de lui-même, en souriant :

– Ils m'appelaient Ben Bella. C'est flatteur. Vous qui me preniez déjà pour Louis XVI !

Il avait parfaitement ressenti l'hostilité qu'on nous avait manifestée à notre entrée dans le bistrot, et surtout après le communiqué de la radio. Mais envers lui, c'était une attitude si courante, dans les cafés, dans les magasins, dans les chemins de fer et les métros, qu'il s'efforçait de n'y plus prêter attention.

– Pour les gens, vous savez, m'expliqua-t-il, sans la moindre passion, mais avec dans la voix une sorte de lassitude, nous sommes tous, plus ou moins, des assassins. Des « tueurs », comme dit votre radio. Vous-même, qu'est-ce que vous ne redoutiez pas, tout à l'heure, de ce petit pompiste ?

Il prit un temps – peut-être pour me laisser me disculper : je n'avais exprimé de craintes envers ce jeune garçon que pour amener mon passager à me parler davantage de lui-même. Mais je ne répondis rien, je voulais le pousser aux confidences. J'avais les yeux fixés sur la route droite que balayaient les phares, et cela me rendait le silence plus facile.

– Vous-même, reprit-il au bout d'un moment, est-ce que vous ne vous méfiez pas un peu de moi ?

Sa question était un défi. Je le relevai dans un mouvement de colère :

– Pas plus que vous ne vous méfiez de moi, dis-je. Vous vous imaginez peut-être que je veux fouiller dans votre sac ?

Il eut le bon goût de prendre la chose à la légère, et il me répondit en riant :

– Ah ! je vois bien qu'il vous inquiète ce sac ! Mais je peux vous rassurer : ce n'est pas une bombe que je transporte !

Il se moquait de moi. J'étais furieux, et d'autant qu'il avait touché juste. J'aurais eu honte de l'avouer, mais la pensée qu'il pouvait transporter une bombe m'était effectivement venue à l'esprit. Tant il est vrai que nous sommes facilement la proie de faciles images. Ce qui m'avait retenu de le croire tout à fait, c'est la façon légère dont il tenait son bagage au bout des doigts. Peut-être après tout ne transportait-il que des chemises et des chaussettes ?

Comme souvent lorsque je sens que j'ai tort et que je ne sais plus quoi dire, j'avais pris le regard buté que mes amis me reprochent : « Voilà Georges qui fait sa gueule », disent-ils. Oui, « je faisais ma gueule », et je fonçais dans la nuit.

La nationale remontait sagement une petite vallée. Plusieurs poteaux indicateurs signalèrent le chemin d'Alésia. Mais je n'avais pas envie de penser à Vercingétorix. Mon esprit vogua vers une autre Alésia, vers Saint-Pierre-de-Montrouge et le petit marché de l'avenue d'Orléans. Il s'attendrit au souvenir des bottes de radis que nous y avions achetées, ce dimanche matin, avec Françoise. Nous tenions chacun par une anse un grand panier de paille. Il faisait beau. Nous marchions en espadrilles sur l'asphalte, légers comme on peut l'être à Saint-Tropez...

Nous passâmes Posanges, puis Vitteaux. Je pensais toujours à Françoise. Pourquoi l'avais-je quittée ? Elle serait là, maintenant, près de moi dans la voiture. Elle me parlerait de New York, où elle avait vécu, ou de Cendrars qu'elle avait bien connu, ou de son oncle Frédéric qui savait coudre à la machine. Ce serait si gai ! Mais, à sa place, j'étais voué à ne plus transporter désormais que des inconnus, agressifs et taciturnes...

Nous roulions lentement, et en silence. La route longea un vaste lac artificiel, entouré de bois et de landes. Un vent léger ridait la surface noire des eaux. Le paysage était devenu sévère mais imposant. Nous continuions à remonter l'étroite vallée de la Brenne, qui se faufile entre le plateau de Langres et les derniers contreforts du Morvan. À je ne sais quoi dans le feuillage des arbres, dans la clarté du ciel, dans la qualité de la combustion, l'élévation de l'altitude me devenait perceptible. Il est vrai que rien ne me passionne en voyage comme ces changements progressifs d'altitude. Depuis longtemps, depuis mes premiers grands circuits à travers la France, j'avais envie de faire monter sur ma voiture un altimètre : « Quoi ! on en monte bien sur des avions, et cela doit se trouver. » Il faudra qu'un jour, bravant tout ridicule, je demande à Agostini de me chercher ça.

Brusquement, ce fut la descente, et je regrettai sincèrement de ne pas savoir quel point culminant nous avions atteint. Je le regrettai d'autant que je savais, depuis ma classe de sixième, l'importance géographique du petit col que nous venions de franchir : il marque, sur la carte verte et jaune des fleuves de France, la ligne de partage des eaux entre la Manche et la Méditerranée ; nous venions d'échapper à la zone d'attraction de la Seine pour entrer dans celle du Rhône. Il fallait fêter cela.

– Vous allez voir, dis-je à mon passager, on va faire du vol plané.

Ma mauvaise humeur était finie. Je passai au point mort, et coupai le contact. Le moteur cessa de tourner. La nuit devint extraordinairement silencieuse. On n'entendait plus que le vent sifflant autour de la capote et la claire musique des pneus. La voiture, comme délestée soudain de cent tonnes, prit de la vitesse et glissa dans la descente avec une légèreté de faucon. Sans me soucier beaucoup des quelques automobilistes que nous croisions, paysans qui venaient de passer la soirée à Dijon, je la menai d'habiles coups de volant de la droite à la gauche de la chaussée, profitant des meilleurs angles de pente, et je piquai à la corde dans les virages. La nuit était si claire que j'avais pu couper aussi les phares. Nous dévalions en lanternes au milieu des grands arbres, sans que rien semblât nous relier à la terre. C'était délicieux. Je rêvais de pouvoir descendre ainsi avec les rivières et les fleuves, jusqu'à la Méditerranée.

– Et hop ! on s'envole ! criai-je joyeusement en jouant du volant, et mon voyageur semblait stupéfait de ma puérilité.

La descente fut donc superbe, presque trop rapide à mon gré. C'est à contre cœur qu'arrivant dans le replat de la vallée d'Ouche je dus réenclencher le moteur. J'étais dépité aussi de retrouver le canal, qui avait passé dieu sait par où.

– Quel âge avez-vous ? me demanda-t-il soudain.

– Vingt-neuf ans.

– Service militaire ?

– Oui.

– Algérie ?

– Non.

Ce fut tout – mais ce brusque interrogatoire m'avait surpris. Qu'avait-il donc en tête, lui, tandis que mes pensées divaguaient au cœur de la nuit ? Quels graves problèmes le sollicitaient jusque dans les vallées de la Côte-d'Or ? Qu'il nous considérât tous, collectivement, comme des ennemis, je le savais déjà. Mais quel besoin avait-il de m'imaginer, moi, personnellement, l'arme à la main dans les djebels ? J'avais eu la chance de faire mon service en Allemagne, et je me sentais innocent de ce qui se passait en Algérie. Il me fallait le lui expliquer.

– J'étais attaché au service de presse, à Berlin. Mon travail consistait à lire les journaux. J'habitais une villa en dehors de la ville. Je disposais d'une grosse D.K.W. noire et d'un jeune chauffeur blond. C'était la belle vie…

Je n'osais pas évoquer mon plus cher souvenir de Berlin : c'était Lotte. À sa robe de chambre, elle avait une longue, longue fermeture Éclair qui l'ouvrait toute entière du haut du cou jusqu'aux chevilles. Elle était maigre et pâle comme une statuette égyptienne. Elle m'appelait en allemand son « morceau de sucre » ou son « petit violon ».

Mais je lui parlai de Mikhaïl : il se trouvait qu'à Berlin, contre toute vraisemblance, j'étais devenu assez copain avec mon homologue soviétique. Il me parlait avec ivresse des romans de Fadeiev, qui était son dieu. Il en avait fait venir pour moi, de Moscou, des éditions en français. Il en savait par cœur des pages entières, qu'il me récitait, le soir, à travers la ville en ruines, tandis que nos supérieurs hiérarchiques disputaient dans les bureaux. Je lui parlai longuement de Mikhaïl, mais, à la fin, il me dit simplement :

– Si je comprends bien, vous êtes officier ?

Nous n'étions plus loin de Dijon, et la circulation était devenue un peu plus dense. Des panneaux jalonnaient la route, vantant la capitale historique de la Bourgogne, et son cassis. Très haut sur notre gauche, le train de Paris déboucha bruyamment d'un tunnel, et descendit à flanc de falaise, trouant la nuit de ses lumières rapides. Nous roulâmes un instant de compagnie, de part et d'autre de la rivière et du canal, qui se bousculaient comme nous dans la vallée. Mais il me distança dans la détestable traversée des ponts et de la bourgade de Plombières. Je n'aime pas faire la course avec les trains. Ce n'est pas que je ne puisse aller aussi vite qu'eux. Mais ils sont outrageusement favorisés par les pouvoirs publics. Et ils trichent.

La semaine précédente, j'avais couché à Dijon. Il est vrai que j'étais parti plus tard de Paris, il pleuvait, je me sentais seul et triste. Dans cet hôtel assez luxueux, non loin de la gare, où je m'étais offert une chambre, j'avais pris un bain et longuement médité dans ma baignoire, sur la vanité de mon existence, et sur le vide que Françoise avait laissé dans ma vie. J'avais même pris, je m'en souviens bien, la décision de rebrousser chemin et de rentrer à Paris. Je n'avais vraiment plus rien à faire dans le film de Roger. C'est à peine si j'y retrouvais l'histoire que j'avais écrite. À quoi bon alors traverser la France, pour rester deux jours derrière la caméra comme un badaud, dérangeant les techniciens, intimidant les acteurs, agaçant Roger ? Le lendemain il ne restait plus rien de mes résolutions, et le charmant accueil, quand j'arrivai à Champagnole, de toute l'équipe de *Mademoiselle Hermeline* me fit oublier jusqu'à mes scrupules.

– Si vous n'êtes pas trop fatigué, proposai-je à mon compagnon, en entrant dans Dijon, nous pourrions continuer à rouler.

Il n'était pas minuit, et mon idée était de ne coucher cette fois qu'à Champagnole, où je savais trouver une chambre, à l'hôtel où séjournaient mes amis cinéastes.

– Mais bien sûr, dit-il. Continuons. Même si j'étais fatigué.

La « capitale historique de la Bourgogne » était plus endormie qu'un chef-lieu de canton. Les lampadaires des belles avenues éclairaient sous les arbres des chaussées silencieuses, des fontaines coulaient en vain sur des places vides et l'ancien Palais des ducs, massif et inutile, paraissait déserté depuis des siècles.

Je m'égarai à dessein dans les ruelles inextricables qui l'entourent, afin de découvrir un café encore ouvert. Il me fallut remonter la rue de la Préfecture pour trouver une sorte de brasserie, éclairée au néon, où quelques jeunes gens jouaient au billard électrique. Ce genre d'endroit me parut mal convenir à une halte. Je tournai encore en rond pendant quelques minutes, avant de m'arrêter devant l'enseigne verte d'un bar. Le grondement de mon moteur, dans la ruelle étroite, faisait trembler les maisons. Je coupai le contact, et proposai à mon compagnon d'entrer boire un dernier verre, avant de nous enfoncer dans la nuit.

– Si vous permettez, me dit-il sur un ton de politesse sans réplique, je vous attendrai dans la voiture.

Je restai un peu interdit, mais j'insistai cependant. Il me remercia à nouveau, et resta ferme sur sa position. J'avais décidé de boire un verre, et je ne voulais pas céder ; je descendis donc de la voiture, sans ajouter un mot, et refermai bruyamment la portière. Puis, cédant à une impulsion de méfiance et de colère, je rouvris la portière, et retirai les clés du tableau de bord. J'étais conscient de ce que mon geste avait d'offensant, satisfait, après tout, de rendre offense pour offense. C'est plus tard que j'appris ce qu'il avait eu de gratuit : mon passager devait, je ne sais plus à quel moment, m'avouer qu'il ne savait pas conduire.

Le bar était élégant et désert. Je demandai un double verre d'un whisky écossais, avec de la glace. Le garçon prit son temps pour me servir, je pris le mien pour boire, ressassant mes griefs et ma colère. Je me jurai de débarquer ce type au plus vite, et surtout de ne plus jamais me laisser manœuvrer de la sorte. Ah ! Bernadette pouvait se vanter de m'avoir eu ! Mais elle allait m'entendre, lundi matin, dès mon retour ! La punaise !

Quand je sortis du bar, je ressentis un coup violent, et mon cœur se mit à sonner l'affolement : deux agents de police, descendus de leurs bicyclettes, se tenaient auprès de ma voiture. L'un, qui avait ouvert la portière du côté de la chaussée, était penché vers l'intérieur et parlait avec mon passager ; l'autre attendait à deux pas derrière.

– Quelque chose qui ne va pas ? demandai-je en m'approchant crânement.

Le premier agent se redressa et, avant qu'il eût pu parler, j'ajoutai avec autorité :

– Oui, monsieur est avec moi.

– Ah bon, fit-il. On pouvait pas savoir, vous comprenez.

Il referma la portière et esquissa un vague salut.

– Dans ce cas, excusez, dit-il encore, et il s'éloigna avec son collègue, leurs bicyclettes à la main.

Je repris ma place au volant, et mis en marche rapidement. La scène n'avait pas duré deux minutes, mais j'en étais encore tout tremblant. Je conduisais au hasard, dans les petites rues à sens unique qui entourent la cathédrale, incapable de retrouver mon chemin. Nous ne nous étions pas dit un mot. Enfin, je tombai sur une large place ronde, où des flèches m'indiquèrent la direction de Genève, et j'enfilai un large boulevard. C'est seulement après que j'eus enclenché mon second carburateur et repris ma vitesse de croisière dans les faubourgs de Dijon, que je l'entendis prononcer le mot que j'attendais : « merci ».

J'avais donc marqué un point, et je profitai aussitôt de mon avantage.

– Vous voyez, lui dis-je, aussi nonchalamment que je pus, vous auriez mieux fait de venir boire un verre avec moi…

Il ne répondit pas. Il devait décidément avoir ses raisons, ou du moins ne voulait-il pas reconnaître ses torts.

– Mais dites-moi, lui demandai-je alors froidement, vous êtes vraiment recherché par la police ?

– Vous ne voulez pas comprendre, me répondit-il avec une brusquerie inattendue. Nous sommes tous, constamment, recherchés, surveillés, suspectés, contrôlés, arrêtés par votre police. Nous sommes un demi-million d'Algériens en France. Un demi-million d'otages.

La route avait repris un aspect champêtre. Elle traversait en ligne droite de larges étendues de terre labourée. Pas une voiture, ni dans un sens ni dans l'autre, et les longs faisceaux de mes phares se perdaient dans le noir, sans rien éclairer que la nuit. Nous roulions en silence, un silence lourd et hostile, qui préludait peut-être à de graves confidences.

Je n'avais pas l'intention de discuter du problème algérien avec mon passager. Au demeurant, je n'étais pas ministre, et sa position me paraissait si ferme, la mienne était si floue, que je ne me sentais pas de force pour lui donner la réplique. Mais puisque les circonstances me mettaient curieusement en présence d'un « interlocuteur valable », comme on disait alors dans les journaux, je ne pouvais manquer l'occasion de l'entendre. Et voilà que justement, par-dessus le ronflement sourd du moteur qui grondait dans la nuit claire, immobile et les yeux fixés sur le long déploiement de la route, voilà qu'il parlait.

– Je dois vous dire la vérité, annonça-t-il de sa voix grave, légèrement gutturale, et que l'hésitation rendait plus lente encore.

Ce devait être difficile, car il marqua tout de suite un temps d'arrêt, cherchant comment il allait commencer. Je me gardai bien d'intervenir.

– En principe, jamais nous ne cachons la vérité, fit-il enfin. Je veux dire que ceux qui acceptent de nous aider le font en toute connaissance de cause.

Je pouvais jouer les innocents : « De vous aider à quoi ? Et de qui parlez-vous ? » Je l'aurais peut-être amené à arracher le masque – peut-être aussi l'aurais-je braqué inutilement. Car je voyais fort bien ce qu'il voulait dire, et je ne doutais plus que ses propos allaient s'éclairer d'eux-mêmes. Je jugeai plus habile d'entrer dans son jeu.

– Ce n'est rien, fis-je évasivement. Vous ne me devez rien…

– Mais si, reprit-il. Nous vous avons plus ou moins forcé la main. C'est tout à fait contraire à notre règle de conduite. Il ne peut être question de faire courir des risques à qui que ce soit sans le prévenir.

– Parce que nous courons des risques…

– Vous le savez très bien.

Il avait prononcé ces derniers mots d'un ton sévère. C'était sa façon de dire : « Ne faites donc pas l'imbécile ! » Décidément, mes interventions étaient malheureuses. Mieux valait le laisser parler, puisqu'il s'y décidait enfin.

Mais il s'était rembruni, je le sentais prêt à se renfermer dans son mutisme, et moi je conduisais en silence, attentif aux inflexions paresseuses de la route, conversant avec les aiguilles de mes cadrans. Des bois et des forêts avaient recommencé d'envahir le paysage. Bientôt, nous traversâmes la Saône, puis Auxonne endormie.

– Ce que nous voulons, reprit-il soudain, et sans raison apparente, ce sont des responsables. Pas des gens qui au moindre accroc s'écroulent et affirment qu'ils ont été trompés.

Il y avait dans ses propos je ne sais quoi d'offensant à mon égard, que je ne voulus pas laisser passer.

– C'est pourtant vous qui m'avez suggéré la politique de l'auto-stop, répliquai-je avec une certaine agressivité et, satisfait de le mettre en contradiction avec lui-même, je lui rappelai les « consignes » qu'il m'avait données au départ : « Vous ne me connaissez pas… » « … Carrefour de l'Obélisque, si vous voulez… ».

– Il s'agit là de la plus élémentaire prudence, me répondit-il. Mais rien ne me permet de croire qu'arrêté et sous la torture vous ne révéleriez pas le nom de Bernadette, par exemple. Voilà ce qui est grave.

Bigre !… « Arrêté et sous la torture ». Comme il y allait ! Il avait parlé calmement, comme de la chose la plus quotidienne du monde. Cela me faisait froid dans le dos. Et j'apprenais du même coup que Bernadette, mon amie Bernadette, avec ses bonnes joues rouges et qui faisait si bien la tarte aux pommes, était étrangement mêlée à de terribles affaires de révolution, d'attentats et de police. Bernadette !

Je n'avais plus envie d'en savoir davantage ; j'avais seulement hâte de me sortir au plus vite de cette aventure qui tournait au cauchemar. Je pressai un peu sur l'accélérateur, comme si c'était là le salut, ma voiture bondissait dangereusement sur la chaussée étroite.

– Comprenez-moi, cher monsieur, poursuivit-il, sur ce ton doctrinal qui commençait à m'énerver. Je ne suspecte pas votre loyauté. Pas du tout. Mais nous avons pour règle, encore une fois, de n'utiliser que d'authentiques militants. C'est plus honnête, et c'est aussi plus prudent.

Je lui demandai alors par quelle exception à cette règle je me trouvais là, embarqué avec lui dans cette imprudente aventure, pourquoi il en était venu à se confier à moi, puisqu'il n'avait pas, et ne pouvait pas avoir confiance en moi ?

Il hésita un instant, sachant sans doute que, s'il répondait à ma question, il serait entraîné peu à peu à d'autres aveux. Il se décida enfin.

– Les circonstances sont un peu exceptionnelles, fit-il d'abord de façon très imprécise. Nous avons été pris de court.

Cela ne voulait rien dire. J'étais sûr qu'il allait poursuivre. J'attendis.

– Plusieurs de nos agents de liaison avaient quitté Paris la veille. Certains se trouvaient indisponibles. Deux autres viennent d'être arrêtés. Dès que la nouvelle a été connue…

– La nouvelle… de l'attentat ?

– Pas exactement : dès que nous avons su que l'un de nos combattants était resté aux mains de la police…

– Celui qui est blessé ?

– Oui, un blessé peut résister moins bien à un interrogatoire. Il a fallu faire disparaître un certain nombre de responsables. Ceux qui pouvaient se trouver compromis par…

– Parce que vous êtes compromis dans cet attentat ?

– Je n'ai pas dit cela. Mais, par suite de ces départs imprévus, il ne restait plus personne pour me conduire, et je ne pouvais évidemment pas prendre le train.

– Et il fallait absolument que vous partiez ?

– Absolument.

– Le jour même ?

– Oui.

– Vous étiez en danger ?

– Non.

– Pourquoi alors ?

Il hésita. J'aurais voulu pouvoir compter, sur l'horloge du tableau de bord, combien de temps il hésita.

Mais c'était difficile. Je voyais bien l'aiguille rouge des secondes se faufiler entre les aiguilles blanches des minutes et des heures. Mais je ne pouvais la suivre dans sa course, alors que la voiture grondante, à travers les bois, s'enfonçait toujours plus avant sur la route sinueuse. J'estime que cela dura bien deux ou trois minutes, et sans doute dans sa tête pesait-il des chances de silence ou d'aveu, de vérité ou de mensonge, qui s'exprimaient peut-être en termes de vie et de mort. Je me souviens que ce fut au moment précis où nous quittions la Côte-d'Or, alors que mes phares venaient d'accrocher en bordure de la forêt un large panneau blanc annonçant le département du Jura, qu'il se décida enfin et me jeta avec un accent de vérité contenue qui ne trompait pas, avec un rien de fierté aussi :

– J'emporte quarante-quatre millions en billets de banque…

Quarante-quatre millions ! Le premier reflexe qui me vint fut de jeter un regard sur le sac qu'il tenait depuis Paris sur ses genoux : il n'y était plus. Alors je me souvins de la rencontre des deux agents à Dijon. Il devait avoir eu, en les voyant approcher de la voiture, le même geste qu'en arrivant devant ce barrage de police, à la sortie de Sens : il avait dû faire passer rapidement son bagage derrière son siège ; et il devait y être encore.

Quarante-quatre millions, tapis, là, sur le plancher de ma voiture ! C'était une provocation. *France-Soir* découvrait chaque semaine, ou presque, des chauffeurs de taxi assassinés pour quinze mille francs, ou moins, dans la banlieue de Paris. Nous étions seuls au milieu de la nuit, dans une forêt du Jura. Avec quarante-quatre millions en billets de banque dans une sacoche. Quelle tentation pour la moindre petite gouape ! Un coup de frein, la grosse clé anglaise, là, à portée de main. Qui se soucierait jamais d'un Algérien tué au bord d'une route ? « Le terrorisme nord-africain », « Règlement de comptes F.L.N. » titreraient les journaux. Le crime parfait, quoi ! et quarante-quatre mois à se la couler douce sur la Côte d'Azur…

Mes pensées, heureusement, n'allèrent pas plus avant dans ce sens. Je fus sensible, au contraire, à l'extraordinaire preuve de confiance et d'estime que, du moins sur le plan de l'honnêteté, il me donnait par cet aveu. Mais je revis tout à coup ce jeune pompiste qui nous avait servi de l'essence à Joigny. Je revis son visage maculé, boutonneux, ses mouvements de colère. « Il cotise chaque semaine pour le Front… » m'avait expliqué mon compagnon, calmement. Combien en avait-il fallu de semaines, et combien de pompistes, combien de terrassiers, de manœuvres, de fondeurs pour réunir dans un sac de toile cette somme fabuleuse de quarante-quatre millions ? Pour la première fois, j'éprouvai de façon précise l'ampleur d'un mouvement qui étendait ses ramifications dans toute la métropole, qui unissait dans l'ombre des milliers de militants, qui drainait jour après jour, billet après billet, le trésor de la rébellion.

– Quarante-quatre millions ! répétai-je d'une voix blanche au bout d'un moment. Mais pour ne pas laisser paraître à quel point j'étais impressionné, je posai la première question stupide qui me vint aux lèvres : pourquoi justement quarante-quatre ?

– Ça se trouve comme ça, dit-il, en souriant.

Mais il n'allait pas s'en tenir là : voici qu'à grands traits, et sans me donner, bien sûr, les véritables clés de l'organisation, il me décrivait le cheminement lointain de ces millions, des coffres-forts des banques suisses, par les légations de pays amis, vers les trafiquants d'armes internationaux et les armateurs neutres, vers les laboratoires pharmaceutiques et les cliniques italiennes, vers les compagnies d'aviation scandinaves, les hôtels de New York ou du Caire. Et de me savoir plongé ainsi au cœur de tels secrets, je me sentais pris comme de vertige, et, je dois le dire aussi, confondu d'une admiration contre laquelle j'avais du mal à me défendre. Je n'en revenais pas, que les circonstances m'eussent amené à transporter dans ma voiture, sous les traits inoffensifs d'un jeune voyageur en chemise blanche, le mandataire qualifié d'une nation en guerre – en guerre contre mon pays.

En arrivant à Dôle, on se trouve brusquement en face d'une énorme caserne. Dans la lumière de mes phares, j'en vis surgir les hauts murs rébarbatifs et les toits gris. De part et d'autre d'une large grille, devant des guérites de bois peint, deux jeunes soldats en manteau kaki montaient une garde dérisoire, l'arme au pied, dans la nuit. Pendant un instant, ils durent suivre du regard, avec mélancolie, les feux rouges de ma voiture de sport qui s'enfonçait dans la ville endormie.

« Pauvres gosses ! » pensai-je, et, tandis que déjà nous traversions coup sur coup le paisible canal et le large Doubs aux eaux noires, je me plaisais à imaginer l'aventure militaire de ces jeunes paysans du Jura, arrachés à leur ferme ou à leur scierie, et collés, le fusil à la main, à la porte d'une caserne. Dans quelques semaines, dans quelques jours peut-être, on les embarquerait avec leurs camarades dans des trains et dans des bateaux, et on les enverrait poursuivre les fellaghas dans les djebels algériens ; dans quelques mois peut-être, ils tomberaient dans une embuscade au fond d'un ravin de l'Aurès : « *On déplore deux tués parmi les forces de l'ordre* », annoncerait un communiqué d'Alger. Ce seraient eux – et l'on renverrait à leurs parents, dans un village de l'Arbois, leurs pauvres corps de vingt ans.

Oui, j'imaginais tout cela, avec une précision dramatique, tandis que ma voiture poursuivait son chemin rectiligne à travers la large vallée de la Loue, superbement baignée par la lune. Et je savais maintenant que cet autre jeune homme assis auprès de moi, sous mon toit, pouvais-je dire, allait s'employer à trouver quelque part en Europe les mitrailleuses et les balles qui faucheraient bientôt sur la terre algérienne ces jeunes soldats de Dôle, en faction devant leur caserne. Il me semblait que je jouais, sans le vouloir, au-delà du temps et des frontières, le rôle impitoyable d'un destin aveugle, côtoyant dans la nuit ses victimes.

– Vous m'effrayez, dis-je alors à mon compagnon, demeuré longtemps silencieux. Je ne suis pas algérien, et vous me rendez complice du F.L.N. !

Il me répliqua avec une brusque violence :

– Eh bien, libre à vous ! s'écria-t-il. Conduisez-moi à la gendarmerie. Vous serez complice des militaires et de la police d'Alger.

Je serrai les dents et m'accrochai à mon volant. Décidément, ce type était odieux. C'était un fanatique borné, avec qui le dialogue était impossible. J'exprimai ma rage en pressant sur l'accélérateur. L'aiguille du compte-tours battit de l'aile et la voiture s'envola dans la côte d'Aumont, à travers la forêt, redescendit à fond de train dans le bas d'un petit ravin, et remonta en force sur l'autre versant.

Il tressautait, à côté de moi, sur son siège, les mains maladroitement avancées vers le tableau de bord.

– Vous avez décidé de me tuer ! dit-il en riant à demi, mais visiblement inquiet.

Je lui répondis d'un ton sec :

– Attachez votre ceinture !

Et je continuai à foncer.

Il me fallut m'arrêter cependant, peu avant Poligny, devant un passage à niveau fermé, constellé de lumières rouges. Par-dessus le bruit de mon moteur, j'entendais nettement, dans la cabine, la grêle et mélancolique sonnette qui annonçait l'approche d'un train. Je donnai deux coups brefs d'avertisseur, et je vis sortir en clopinant un petit vieux emmitouflé dans un cache-col. Il marmonna quelques mots indistincts, et commença à tourner lentement une grosse manivelle. « Place ! Place à la rébellion ! » me disais-je en moi-même, tandis que les barrières se soulevaient.

Je serrai sur la gauche et, dès que la hauteur me parut suffisante, je m'engageai au pas sur les voies. Un coup de trompe encore pour remercier le garde, et je repassai une à une mes quatre vitesses en traversant

Poligny. Au loin déjà, nous entendîmes derrière nous le grondement furieux d'un express qui ébranlait la campagne.

À la sortie de la ville, la route brusquement s'élève. Deux splendides lacets, taillés dans une coulée rocheuse, et l'on débouche sur un haut plateau, habité de sapins : cette fois, c'était vraiment le Jura.

Je ralentis l'allure et je baissai ma vitre. Une bouffée d'air froid m'apporta le brutal salut de la montagne ; avec une sorte d'ivresse, pendant un instant, je partageai la respiration sauvage des arbres.

Si Françoise avait été là, je sais que nous nous serions arrêtés sur ce plateau ; je l'aurais prise par la main, et nous aurions marché un moment sur la route, parlant à voix basse au milieu des sapins, écoutant le vent remuer là-haut leurs hautes branches ; puis nous aurions couru en riant, transis de froid, jusqu'à la voiture. Mais Françoise n'était pas là, ne serait plus jamais là.

– J'ai été stupide, tout à l'heure, me dit alors mon passager, interrompant le fil de mes pensées. Je vous demande de m'excuser.

– Ne parlons plus de cela, lui répondis-je. Nous ne pouvons pas nous comprendre.

– Mais si, mais si, fit-il sans se démonter. Il nous arrive souvent de contacter de jeunes Français, de sincères démocrates. J'en ai vu beaucoup reculer au moment d'agir, et refuser finalement le service demandé. Pour des raisons de conscience.

Étais-je seulement un « démocrate sincère » ? Voilà la question que d'abord je me posai, et je n'en savais fichtre rien ; mais le problème n'avait d'intérêt que pour moi seul. Je lui demandai plutôt :

– Et vous en trouvez beaucoup qui acceptent ?

Je devais alors apprendre des choses stupéfiantes. Tout le temps qu'il nous restait à rouler jusqu'à Champagnole – et, captif de son récit, j'avais très sensiblement réduit l'allure – il me parla de ce qu'on pourrait appeler les complicités européennes de la rébellion, et de ces Français dont on apprend de temps à autre par les journaux qu'ils sont inculpés « d'atteinte à la sûreté de l'État ».

Ce n'était pas seulement à Alger où, parmi les combattants engagés dans la lutte clandestine, on ne fait pas de distinction entre un Européen et n'importe quel autre Algérien ; mais à Paris même, à Marseille, à Lyon, à Strasbourg, à Lille, le « Front », comme il disait, pouvait s'appuyer sur des noyaux de sympathisants actifs, jouant résolument, contre la majorité du pays, la carte dangereuse de l'insurrection triomphante : là, ce sont des jeunes gens qui transportent dans leur voiture de Paris à Lille, de Marseille à Bordeaux, les tracts, l'argent, les armes, et souvent les membres responsables d'un réseau ; là, ce sont des jeunes filles qui procurent le papier, les ronéos et souvent se chargent de l'impression des tracts et des brochures du F.L.N. ; ce sont des familles bourgeoises qui hébergent, pendant les périodes de rafles, les dirigeants importants, qui leur prêtent des appartements et des bureaux ; ce sont des hommes d'affaires qui ouvrent pour eux, à leur nom, des comptes courants dans les banques ; des médecins qui viennent soigner secrètement et bénévolement les blessés dans les hôtels nord-africains ; des fonctionnaires des préfectures, et de la police même, qui procurent aux dirigeants des Willayas les faux passeports, les fausses cartes d'identité qui leur permettent de circuler plus librement…

Comme je demeurais interdit, hésitant vraiment à le croire :

– Vous pouvez bien penser qu'il y a tout de même quelques Français pour voir un peu plus loin que vos gouvernements, me dit-il.

Il était près de deux heures du matin. Nous avions dévalé du plateau dans la plaine caillouteuse de l'Ain et, de Champagnole déjà, j'apercevais devant moi, sur la route, la masse confuse et noire, percée de quelques lumières. Dans quelques instants je serais arrivé, et je n'avais pas eu le temps de réfléchir à ce que j'allais faire de mon passager.

– Voilà Champagnole, annonçai-je.

Je rétrogradai une vitesse, et pénétrai lentement dans la ville silencieuse. Le Grand Hôtel du Jura, où nous séjournions, n'est pas sur la nationale : il fallait, je m'en souvenais bien, dépasser l'église, et prendre sur la gauche une placette où coule une fontaine. J'en retrouvai facilement le chemin.

Arrêtés devant l'hôtel, je reconnus la camionnette en tôle ondulée de la production, la grosse Chevrolet de Roger, plus crasseuse que jamais, et le cabriolet de François Ricci : toute la famille était là, et je me sentais déjà joyeux. Je garai à mon tour ma voiture sur la place, je fis gronder un moment le moteur, et coupai enfin le contact.

– Terminus ! m'écriai-je. Il est juste deux heures. On a bien marché.

Je descendis le premier. L'air de la nuit était vif et sec. On n'entendait sur la ville que le bruit de la fontaine. Je me sentais un peu courbatu par ces huit heures de voiture et je fis sur la place quelques mouvements pour me dégourdir les jambes. Puis j'allai prendre dans le coffre arrière ma petite valise de week-end.

Pendant que je refermais le coffre, il sortit à son tour, et s'avança vers moi, son sac à la main, son imperméable sur le bras.

– Eh bien, je vous remercie beaucoup, monsieur, me dit-il en me tendant la main.

– Mais comment ? fis-je, surpris. Vous partez ? Où allez-vous ?

Il m'expliqua en riant, et surpris, si je puis dire, de ma surprise, qu'il n'avait rien à faire, lui, à Champagnole, et qu'il lui fallait poursuivre son voyage.

– Mais comment ? répétai-je. En pleine nuit ? À pied ?

Je bataillai si bien, avec tant de conviction, contre ce projet absurde – et vraiment je le voyais mal se balader, à deux heures du matin, ses millions à la main, en pleine campagne – qu'il finit par céder et consentit à entrer avec moi à l'Hôtel du Jura.

– Soyez tranquille, lui avais-je dit. Là, vous ne risquez rien.

– Qu'est-ce que vous en savez ? m'avait-il répondu malignement.

Parce que nous faisions du cinéma, parce que les journaux locaux avaient publié deux photographies et quelques lignes sur le séjour de notre équipe à Champagnole, nous étions considérés ici comme des vedettes, et traités en vedettes. L'hôtel nous préparait dans des paniers les casse-croûte que nous emportions pour déjeuner en extérieur ; le soir, on nous attendait parfois pour dîner jusqu'à dix heures ; la nuit, tout l'hôtel était à nous.

Lorsque je sonnai à la porte, en arrivant inopinément avec mon étrange compagnon de route, le gardien, bien qu'à demi sommeillant, m'accueillit comme un vieil ami.

– Bonjour, M. Pradier ! Comment allez-vous, M. Pradier ? Avez-vous fait bon voyage ?

Puis il s'affaira pour me trouver une chambre, « comme d'habitude, n'est-ce pas, M. Pradier ? », consultant ses livres et ses clés.

– Et ce monsieur prendra aussi une chambre ? demanda-t-il en jetant un regard à mon compagnon, mais en s'adressant visiblement à moi.

Avant toute chose, le « monsieur » voulut savoir comment il pouvait gagner Morez... Mais le train de Paris venait de passer – peut-être était-ce celui que nous avions entendu siffler derrière nous en traversant Poligny. Il n'y avait plus qu'un omnibus pour Saint-Claude et Morez à six heures moins le quart, ou alors le car Citroën qui quittait Champagnole au début de l'après-midi.

– Eh bien, j'attendrai le train de six heures, dit-il fermement.

J'essayai de lui remontrer combien cela me paraissait mal commode : comment passerait-il ces pénibles heures d'attente ? n'avait-il pas avantage à se reposer et à dormir ? Que ferait-il en arrivant à Morez au petit matin ?

– Je sais quoi faire à Morez, dit-il avec un sourire énigmatique, et, se tournant vers le veilleur de nuit, il ajouta en désignant les fauteuils de rotin qui meublaient le hall : je me reposerai un moment ici, si monsieur le permet ?

Quelle idée saugrenue ! Je ne pensais pas que, transportant quarante millions, il pût être gêné par le prix d'une chambre. Je me souvenais de son sourire lorsque, réglant l'addition à Montbard, je lui avais dit naïvement : « Vous êtes étudiant… » Redoutait-il d'avoir à remplir une fiche de voyageur et d'être cueilli par la police au saut du lit ? Ou bien était-il réellement pressé d'arriver à Morez ? Mais pourquoi ? Je me le demandais vainement.

Sa suggestion ne plaisait guère au gardien de l'hôtel : si la direction l'apprenait, c'est lui qui aurait des ennuis. Mais enfin, puisqu'on lui promettait de quitter l'hôtel avant six heures, puisqu'on était un « ami de M. Pradier », il consentait à fermer les yeux.

Le moment était donc venu de nous faire nos adieux ; je cherchais ce que je pouvais dire d'un peu amical à ce garçon triste et traqué, avec qui je venais de passer une nuit bien étrange. Mais il s'était montré jusqu'à la fin si fermé, si hostile même, qu'aucun mot vraiment chaleureux ne pouvait me monter aux lèvres.

– Eh bien, bonne nuit, dis-je seulement, et, devant son sourire froid, je rectifiai aussitôt : bon voyage.

– Bonne nuit, me dit-il à son tour, et il ajouta, mais sans la moindre chaleur : et merci encore.

Nous nous serrâmes la main, et je gagnai l'escalier.

L'hôtel était construit géométriquement autour de son grand hall carré ; à chaque étage, l'escalier formait une sorte de galerie intérieure, d'où les regards plongeaient sur les quatre fauteuils et la table ronde qui occupaient le centre du tapis.

Lorsque j'arrivai au troisième, où se trouvait ma chambre, je me penchai un instant par-dessus la rampe et je le vis, tout en bas, dans le hall à peine éclairé, qui s'était installé déjà sur l'un des fauteuils, les genoux serrés, et serrant sur les genoux son imperméable et son sac de toile bleue.

Trois heures plus tard, en pyjama, les pieds nus, je sortis sans bruit de ma chambre et vins m'accouder à la balustrade de la galerie : il était toujours là, dans le même fauteuil, apparemment endormi, et je le regardai dormir. Il avait enfilé son imperméable et allongé ses longues jambes, droit devant lui, jusque dessous la table basse. Il tenait les bras recroquevillés sur le ventre, la tête retombée sur l'épaule gauche. Une pâle, très pâle lueur qui tombait des baies vitrées commençait à affaiblir la faible lumière de la veilleuse. À tous les étages de ses galeries, l'hôtel était plongé dans un silence d'hospice.

Ma décision était prise, et je savais maintenant que j'irais jusqu'au bout de mon idée. Je regagnai ma chambre et m'habillai en hâte. Je descendis lentement les étages et, m'approchant sans bruit de son fauteuil, par-derrière, je lui mis la main sur l'épaule. Il sursauta et me regarda un instant, bien en face, avec dans les yeux une lueur d'inquiétude. Il avait les traits légèrement tirés, les paupières alourdies par le sommeil, et la barbe qui commençait à lui pousser lui ombrait le visage.

– Venez, lui dis-je à voix basse. Je vais vous conduire.

– Quelle heure est-il ? demanda-t-il d'abord.

– Cinq heures et demie.

Il se leva et, sans rien dire, me suivit à travers le hall, son sac de voyage à la main. Le veilleur de nuit dormait sur une chaise longue, dans sa cabine, derrière le bureau de réception. J'ouvris comme un voleur la lourde porte vitrée de l'hôtel, et nous nous retrouvâmes dehors. L'eau de la fontaine coulait toujours, dans le silence glacial du petit matin.

– Il ne fallait pas vous déranger, me dit-il d'un ton sans surprise, une fois que nous eûmes repris nos places dans la voiture. J'aurais bien fait le chemin jusqu'à la gare.

J'avais mis le moteur en marche, et je le laissai s'échauffer doucement. C'était une des recommandations les plus impératives que m'avait faites Agostini : ne jamais rouler avec un moteur froid. « Vous mettez en marche, disait-il, vous prenez votre petit déjeuner, et puis vous partez. » Je laissai donc les pistons s'agiter un bon moment dans leur bain d'huile, bientôt ils trouvèrent leur cadence de campagne. Je repoussai le starter et embrayai.

– Je vais vous conduire à Morez, annonçai-je tranquillement, comme la voiture démarrait. Nous y serons avant le train.

Pour la première fois depuis le début de notre voyage, c'est lui, pour le coup, qui fut étonné – et qui le fut visiblement. Il tourna le visage vers moi, et me regarda un moment sans parler. Je savais que derrière son étonnement se cachait aussi un peu d'inquiétude, un peu de cette méfiance qui ne le quittait pas, et qui nous avait empêchés d'avoir, tout au long de la route, le moindre échange personnel.

J'étais en droit d'attendre cette fois quelques mots de remerciement un peu chaleureux, mais non : on pourra croire qu'il avait choisi de me faire la réflexion la plus désobligeante.

– Je ne vous croyais pas curieux à ce point, me dit-il enfin, et, comme je ne répliquai pas, il ajouta : il est vrai que vous aimez bien conduire.

En quittant Champagnole, nous avions traversé l'Ain, et nous nous élevions maintenant au-dessus de la rivière, le long d'une ligne droite, bordée de sapins. La route montait sans cesse et nous roulions doucement. Ce n'était pas l'aube encore, mais l'on sentait, à je ne sais quoi dans l'air, que le moment n'était pas loin où le ciel basculerait, là-haut, de la nuit dans le jour.

Qu'est-ce que je faisais là ? Je ne pouvais plus accuser dieu sait quel concours de circonstances, je ne pouvais plus accuser Bernadette de m'avoir entraîné dans un traquenard : je ne pouvais m'en prendre qu'à moi seul.

J'essaye aujourd'hui de retrouver, et de comprendre, ce qui s'est passé cette nuit-là dans ma tête. Je sais qu'arrivé dans ma chambre, à l'Hôtel du Jura, malgré l'heure tardive, j'avais d'abord pris un bain, puis je m'étais couché, mais sans avoir vraiment sommeil. Je pensai longuement à Françoise, à ces étranges petits kimonos de soie qu'elle avait rapportés de New York et qu'elle portait la nuit, à la façon vraiment animale qu'elle avait de se pelotonner dans les lits. Je m'accrochais tristement à ces souvenirs d'une autre vie. Mais mes pensées me ramenaient sans cesse vers ce jeune homme endormi sur un fauteuil dans le hall de l'hôtel, et je me répétais curieusement cet aphorisme, dont je ne savais plus s'il fallait l'attribuer à Montaigne ou à Pascal : « Un voyageur solitaire est un diable… »

J'avais peut-être voyagé avec le diable – et je prétendais dormir calmement dans ma chambre ? Ça n'était pas possible. Et ce qui me poussa plusieurs fois, au cours de la nuit, à me lever pour le regarder dormir, à le surveiller du haut de la galerie, ce qui me poussa finalement à repartir avec lui sur les routes nocturnes, non, ce n'était pas la curiosité, comme il le disait pour me blesser, c'était ce qu'on pourrait appeler la tentation, c'était une attirance irrationnelle vers le mal et le danger, qu'avec ses beaux yeux noirs, ses millions clandestins, ses trafics de mitrailleuses, il incarnait superbement.

Souvent, pour le journal, il m'arrivait d'écrire des histoires de gangsters ou de brigands ; ou bien, lorsqu'un numéro manquait de punch, Berthomieu me demandait de lui romancer la vie d'un aventurier fameux ou d'un héros de la Résistance. Nos lecteurs sont friands de cette littérature. Mais jamais il ne m'était arrivé de partager de cette façon l'aventure et les risques d'un de mes personnages. S'il m'avait dit tout à coup : « Foncez ! Nous devons attaquer la gendarmerie de Morez ! » je crois que, sans réfléchir, je l'aurais suivi avec ivresse. Mais il continuait à ne voir en moi qu'un jeune Français farfelu, passionné de l'automobile : « Il est vrai que vous aimez bien conduire... » et, tandis que nous montions vers Saint-Laurent à travers la forêt, faute de pouvoir lui avouer autre chose, il me fallait reconnaître d'un ton penaud :

– C'est vrai. La route est magnifique. Je n'avais pas sommeil...

De virage en virage, nous nous élevions au flanc des sapinières. La végétation était dense, et les bornes de pierre blanche, au bord de la route, étaient enfouies dans la mousse. De place en place, des allées feuillues venaient s'ouvrir à la lisière de la forêt, qui semblaient conduire vers des profondeurs de silence et d'ombre. Puis, d'un seul coup, la forêt s'arrêtait, comme coupée au couteau, et nous traversions de vastes pâturages, piqués parfois de bouquets de genêts. Nous découvrions alors, droit devant nous au-dessus des crêtes, le ciel uniformément blanc de l'aube. Puis nous replongions au cœur de la forêt.

– Cela vous intéresse peut-être, me demanda-t-il soudain, que je vous parle un peu des « fellaghas » ?

Si cela m'intéressait ! C'est ce que je brûlais de savoir, presque depuis notre départ de Paris, depuis que m'avaient frappé son air sombre et l'étoile mauve de sa cicatrice, depuis que m'avaient intrigué ses paroles énigmatiques et ses gestes suspects, depuis surtout qu'il avait commencé de me révéler quelque chose de ses secrets. Oui, cela m'intéressait de comprendre enfin cet homme qui me considérait froidement comme son ennemi et qui se livrait à moi, peu à peu, comme à un ami.

– Vous vous défiez donc un peu moins de moi ? lui demandai-je, pour ne rien laisser paraître de mon impatience.

Il ne répondit pas, ce qui était, je pense, sa façon d'acquiescer, et, les yeux fixés devant lui sur la route gris pâle et qui pâlissait à chaque instant, il commença bientôt de parler, de sa voix sourde, de sa façon hachée, où je décelais tant de violence contenue.

– … Nous sommes allés à Tizi-Ouzou, un dimanche, par le train. Nous voulions voir le procureur. Attendez.

J'attendis. Je ne l'avais vu fumer qu'aux cours de nos arrêts, à Sens d'abord, puis à Montbard après le dîner. Brusquement, en se tordant sur son siège, il sortit de sa poche son vieux paquet de Bastos et une boîte d'allumettes. C'étaient de curieuses petites allumettes-bougies, dans une boîte de carton jaune et rouge, ornée d'une tête de lion : algérienne sans aucun doute. Il alluma sa cigarette, sans songer à m'en offrir une, il aspira rapidement quelques courtes bouffées, et garda son paquet à portée de main sur son sac.

Il paraissait brusquement nerveux, lui qui avait été si calme durant toute la nuit, et comme oppressé par la brusque envie de se détendre, de parler. Il commença à jeter des mots, des phrases, à petits coups, exactement comme il fumait :

– … nous avons vu passer Ben M'hidi, très pâle, soutenu par deux gendarmes. J'ai cru qu'on l'avait maltraité. Mais non. La police recherchait son frère, Lardi Ben M'hidi. Nous le connaissions bien. Il était déjà au maquis. Willaya VI. On nous a relâchés le soir…

Il regardait droit devant lui, les yeux fixes, mais je sentais qu'il avait du mal à les tenir ouverts. C'est sûrement pour cela qu'il fumait : pour se garder éveillé. Il avait une curieuse façon de tenir sa cigarette : presque à l'extrémité, entre le pouce et l'index. C'est ainsi que fument ceux qui n'aiment pas fumer. C'est sûrement pour cela aussi qu'il parlait : pour se garder éveillé. Il ne voulait pas dormir devant moi, il devait être à bout de fatigue. Il jetait ses souvenirs en vrac, ses idées :

– … On se passait les premiers numéros d'*El Moudjahid*. Batouche est arrêté en pleine faculté. *El Moudjahid*, c'est *Le Combattant*. C'est le journal du Front. Les Français ne se doutaient de rien. Ils…

J'avais été frappé déjà par la façon dont il disait « les Français », ou : « Vous autres ». Il parlait de nous, vraiment, comme d'un peuple étranger, avec lequel il ne se sentait rien de commun. Mais là, brusquement, il s'en prit à la France même, au pays. Je veux dire : au paysage qui défilait devant nous. Il faisait de grands gestes qui balayaient le pare-brise.

– … tous ces arbres, ces prés. Tout ce vert ! Qu'est-ce qu'elles doivent manger, vos vaches ! Vous verriez ça, chez nous ! Le roc, des broussailles, pelé, nu, nu. Et le soleil qui cogne. La rocaille… J'étais là avec

Batouche, avec Khène. Khène serrait les poings de colère, de honte. Oui, vraiment de honte. Il aimait la France…

Lui aussi serrait les poings. Les souvenirs et les images lui remontaient en mémoire. Il n'essayait même pas de m'expliquer. Qui était Khène ? Pourquoi serrait-il les poings ? Il parlait, il parlait. De temps à autre – geste que, la veille, je n'avais à aucun moment surpris chez lui – je le voyais s'appuyer la paume de la main sur le front, à l'endroit de sa cicatrice. Il faisait des pauses, puis il reprenait. Le nom de ce Khène revenait souvent : « J'étais dans le même service que Khène, à El Kattar… », « … Khène m'avait dit : tu seras plus utile… », « … Vous savez ce qu'il disait, Khène ?… » Non, bien sûr, je ne le savais pas.

Il fumait cigarette sur cigarette, allumant parfois l'une avec l'autre, parfois laissant s'éteindre au bout des doigts celle qu'il avait commencé de fumer. Il la rallumait avec ses petites bougies à tête rouge, ou bien il baissait sa vitre et la jetait, en disant simplement : « Saleté ! »

De dehors nous arrivait une bouffée d'air froid. La route montait toujours, par des rampes quelquefois si raides, par des lacets quelquefois si serrés, qu'il me fallait redescendre une vitesse. Deux ou trois fois aussi, il nous fallut ralentir pour traverser la voie ferrée qui coupait notre route. Mais quand la voiture se faisait plus bruyante, quand j'accélérais dans les reprises, il élevait la voix pour couvrir le moteur, il s'exaltait, et son intonation devenait pathétique.

– … il n'a jamais dit qui l'avait soigné. Jamais. Interrogé. Torturé. Il n'a jamais rien dit. Il est mort en prison. Dix-huit ans, peut-être. Une balle dans le ventre. La sale blessure. C'était près de Blida, sur la route de Boufarik. Ils étaient venus me chercher la nuit à l'hôpital. Il était couché par terre, sur la terre. Il perdait tout : du sang, du pus, de l'eau. J'ai travaillé deux heures, à genoux par terre, avec une lampe à pétrole. Pas d'eau. Rien. Un camarade faisait le guet dehors. J'ai pu extraire la balle, à deux centimètres du foie. Je n'avais jamais fait de chirurgie, vous comprenez. J'ai pu extraire la balle. J'ai nettoyé, recousu, pansé, vacciné. Le lendemain, il a été pris par une patrouille.

Si désordonnés que fussent ses propos, il devenait clair que c'est comme médecin qu'il entra dans la rébellion. Les autorités avaient interdit la vente aux musulmans des médicaments et des pansements. Les médecins devaient signaler tous les blessés à la police.

– Et ils le faisaient vraiment ? me risquai-je à demander.

J'avais déchaîné sa colère. Il s'emporta brusquement contre les médecins de là-bas : la plupart étaient des colons, ou des fils de colons, propriétaires de vignobles, d'orangeraies, de moulins.

– Ils n'attendent pas après les clients pour vivre, je vous assure, fit-il d'un ton sarcastique, et, selon lui, il n'y avait pas de défenseurs du « régime colonial » plus acharnés que les médecins.

– Des nullités, d'ailleurs.

Il me jetait des noms à la tête comme autant d'insultes :

– Docteur Untel, Docteur Untel, Docteur Untel, tous des ultras, ultras jusqu'aux dents, féroces. Je les connais bien.

De son hôpital de Blida, il organisait le ravitaillement des maquis. Des combattants venaient chercher la nuit des paquets de médicaments, des ballots de coton et de bandes. Mais ce « petit jeu », comme il disait, devenait dangereux. Bientôt, on lui donna l'ordre de rejoindre le maquis.

– Mais qui pouvait vous donner des ordres ?

Il ne me répondit pas. Son récit pouvait me paraître incohérent, je vis bien qu'il en gardait le contrôle. Même emporté par son sujet, dans cette sorte de délire verbal, traversé par les éclats de sa passion, il demeurait prudent et savait éviter les questions trop précises. Longtemps je le laissai poursuivre, sans savoir s'il s'adressait à moi ou à lui-même :

– … Le tétanos, surtout. On manquait de vaccins, d'anesthésiques. Il fallait couper des bras, des jambes. Vous voyez ça ? Des femmes, des enfants, sans anesthésique… Je n'avais jamais fait de chirurgie, vous comprenez ? Dans la montagne, on tenait des hôpitaux, dans les grottes. Et pas d'eau. Pas d'eau. J'ai entendu Sellamaï : « C'est l'eau du docteur. Non, je te dis, c'est l'eau du docteur... » Il fallait se défendre. Coûte que coûte. Je commandais les guetteurs, les patrouilles. Des vieux, des gosses. Je décidais les embuscades. Le médecin est un chef, un chef de guerre, oui. Je commande. On m'obéit : « Oui, docteur. Oui, chef... » Brusquement, il faut partir. Les Français arrivent. La nuit. L'hiver. Tout ce qui tient debout. Et les brancards, les médicaments, les instruments. « Sami, tu restes. – Oui, docteur. – Tu seras pris, tu seras tué. – Oui, docteur. » Et on recommence. J'avais ma carabine. Une belle carabine anglaise...

Il avait fini sa dernière cigarette. Avec le paquet vide, qu'il triturait, il fit une sorte de charpie, puis il ouvrit la fenêtre, et la jeta dehors. Il resta un moment le visage à la portière, comme pour se laver dans l'air frais. Il se frottait le front et les cheveux. Puis il referma et dit encore :

– Khène montait me voir quelquefois. Il arrivait de Tunis, du Caire. Il apportait des journaux. Nous marchions dans la nuit. Il voulait m'emmener. Je lui disais : « Tu te souviens, Khène ? Tu te souviens... »

Il n'acheva pas sa phrase, mais sur son visage défait, aux traits tirés, à la barbe sale, il garda quelques instants un sourire mince et lointain.

Je l'avais laissé parler sans presque jamais l'interrompre, et, lorsqu'il se tut, je demeurai silencieux. J'ai besoin de rester un moment en silence, pour me bien souvenir de ce que j'entends – et de tout ce qu'il m'avait dit, je voulais garder une mémoire fidèle et précise. J'avais conduit de plus en plus lentement, de crainte d'arriver à Morez avant qu'il eût fini. Nous avions passé Saint-Laurent, et nous atteignions le col de la Savine.

Le jour avait envahi le ciel, et la masse noire des sapins commençait à se colorer de vert sombre. Du haut du col, on apercevait à perte de vue le moutonnement des crêtes boisées, s'ordonnant au-dessus des vallées ; çà et là, comme une petite alpe, un sommet s'élevait au-dessus des autres, dans la lumière limpide, triomphale du matin. Pas un nuage n'apparaissait, sur toute la largeur du pare-brise. De virage en virage, la voiture descendait allègrement sur Morez.

Tandis que je poursuivais mes réflexions sur ces confidences que je venais de recevoir, afin d'être à même, plus tard, de les bien comprendre et juger, je me heurtais dans mon esprit à une dernière curiosité. Peut-être, après ce long monologue, attendait-il de moi un mot d'encouragement, ou tout au moins de compréhension. N'importe. Mes pensées suivaient un autre cours.

– Et votre cicatrice ? lui demandai-je seulement, après un long moment. C'est une balle ? Un éclat d'obus ?

Il me répondit tout de suite, en riant, brusquement détendu :

– Oh, mais non ! C'est le coup de pied d'un âne. Quand j'étais gosse. Je m'accrochais à sa queue…

Ce fut tout – et ce furent les derniers aveux que j'obtins de ce jeune Algérien, au cours de cette nuit passée hors de la guerre. Nous allions bientôt nous quitter et je ne devais plus le revoir. N'ayant pas même appris son nom, je ne pouvais espérer entendre jamais parler de lui. Mais lorsqu'en lisant les journaux j'apprends l'arrestation à Paris, ou sur une frontière, d'un des responsables de la rébellion, lorsqu'on annonce, à Alger, la capture ou la mort d'un chef de Willaya, lorsqu'on parle d'une réunion des dirigeants algériens à Tunis ou à Tripoli, d'un attentat terroriste à Rome ou à Francfort, mes pensées me ramènent vers ce jeune médecin de Blida, avec qui, cette nuit-là, j'avais traversé la France, et qui m'avait révélé, sans crainte ni haine, le visage de l'Algérie en guerre.

Quand les premières maisons de Morbier apparurent au détour d'un virage, il décida tout à coup :

– Ce n'est pas la peine d'aller jusqu'à Morez. Voyez. En sortant du village, vous avez une petite route sur la droite…

Nous traversâmes lentement la petite ville qui s'éveillait à sa journée de travail. Les cloches de l'église sonnaient, les boutiques ouvraient leurs portes, et le gros camion de la coopérative laitière qui entravait la circulation déposait des bidons, çà et là, sur le trottoir. La voiture longea une vaste terrasse qui dominait la vallée de la Bienne. Le long de la rivière, les toits et le clocher de Morez brillaient au loin dans la lumière du matin. De toutes parts, encastrés dans les pâturages et les sapinières, on apercevait les ponts, les viaducs, les tunnels de la voie ferrée qui se faufilait jusque-là.

Mais il nous fallut quitter la nationale, et prendre alors, en direction de Saint-Marcel, une petite route qui, de la montagne, débouchait sur notre droite.

– Saint-Marcel ? me dis-je étonné, mais je ne posai pas de question.

La petite route, à peine goudronnée, franchit un passage à niveau, puis s'éleva rapidement au-dessus d'un cours d'eau, au flanc d'une vallée encaissée, encore plongée dans l'ombre. La rampe était forte, le paysage était sauvage, cerné par des pentes escarpées, où la roche émergeait à nu. Très haut sur notre gauche s'élevaient superbement les crêtes boisées du Jura suisse. Sur un pont de bois, où n'eût pas passé sans mal une charrette de foin, le chemin traversa bientôt le cours d'eau devenu torrent, puis il longea un petit lac aux eaux limpides, envahi de roseaux. Nous montions toujours. La vallée s'élargit et le soleil l'inonda de lumière. Un petit village se dressait sur un mamelon d'herbe : c'était Saint-Marcel.

– Nous y voilà, dit mon compagnon.

– Mais où allons-nous ? demandai-je cette fois.

– Je vais vous conduire.

Il me fit prendre un chemin de terre qui contournait la butte à travers les prés et nous entrâmes dans le village par le revers. Adossée à l'église, et faisant face à la montagne, il y avait une maison basse, au toit d'ardoises. Elle se trouvait au fond d'un jardin, et le même mur de pierres décrépi entourait le jardin, la maison et l'église. Une porte de fer ouvrait sur le chemin ; au-dessus de la porte, une clochette ; sur la grille, un crucifix.

– C'est là, dit-il.

J'arrêtai ma voiture, et je sortis de mon côté, pendant qu'il sortait du sien.

Le jardin du presbytère, qui descendait en pente douce, était creusé en contrebas du chemin. Une allée centrale séparait sagement les légumes d'avec les fleurs : ici d'énormes choux, montés en graine, des poireaux, des salades ; là, quelques roses d'automne, de grands massifs de cinéraires et de dahlias jaunes et rouges.

Nous avions poussé la grille et nous descendions les deux marches de pierre branlantes qui menaient au jardin, lorsque le curé apparut au coin de la maison.

C'était un homme encore assez jeune, une quarantaine d'années, portant des lunettes. Par-dessus sa soutane, il avait noué un tablier de jardinier d'un bleu délavé, carrelé de pièces plus foncées. Il marchait les bras écartés, tenant dans chaque main un gros arrosoir.

– Ah ! te voilà, animal ! s'écria-t-il, dès qu'il aperçut mon compagnon.

Il posa ses arrosoirs, et vint au-devant de lui les mains tendues. Ils se saluèrent joyeusement, fraternellement.

– J'étais inquiet, mon vieux, très inquiet, disait le prêtre.

– Mais non. Mais non, disait l'autre.

Moi, je demeurais à l'écart, je comptais pour rien. Mon passager finit par me présenter comme « le monsieur qui l'avait conduit ».

– Très bien, très bien, fit le jeune curé, pour dire quelque chose, et il nous offrit de prendre du café.

Mais j'avais hâte de m'éloigner. Je prétextai des affaires urgentes qui m'attendaient à Champagnole.

– Monsieur est dans le cinéma, dit encore mon compagnon de route.

– Ah ! bien, très bien, répétait le curé.

Ils me reconduisirent jusqu'à ma voiture. Je m'installai au volant et mis en marche.

– Eh bien… commençai-je, de par la portière.

Mais il me coupa brusquement.

– Pourriez-vous téléphoner à Bernadette ? demanda-t-il.

– Sûrement, fis-je.

– Bon. Voulez-vous lui dire… Il hésita… Dites-lui simplement que l'oncle Adrien se porte bien.

– L'oncle Adrien ? répétai-je. C'est entendu. Je le lui dirai.

Je fis de la main un geste d'adieu, et je démarrai lentement. Je contournai le mur du presbytère et je rejoignis bientôt la petite route qui traversait le village et s'enfonçait dans la vallée.

Au Moulin d'Andé
Décembre 1959

Table

DU MÊME AUTEUR

Rosa
Denoël, 1967
et « Folio », nº 688

La Passion de Sébastien N.
Denoël, 1968

Mademoiselle B.
Denoël, 1973, 2014

La Maison des brasseurs
Denoël, 1978

Patinir ou l'Harmonie du monde
(avec André Barret)
Robert Laffont, 1980

Douce-amère
Denoël, 1985
Le Dilettante, 1997

Embuscade à Palestro
Le Rocher, 1992

Souvenirs littéraires
Quai Voltaire, 1993
Le Dilettante, 2000

Les Saisons
Christian Bourgois, 1995

Le Festin de Sébastien
Le Dilettante, 2000

Les Virginales
Christian Bourgois, 2001

Délicieuses Frayeurs
Le Dilettante, 2006
et Magnard, « Classiques et contemporains », n° 113

L'Île engloutie
Une lecture de Paul Klee
Invenit, 2011

RÉALISATION : IGS-CP À L'ISLE-D'ESPAGNAC
IMPRESSION : NORMANDIE ROTO IMPRESSION S.A.S. À LONRAI
DÉPÔT LÉGAL : MAI 2017. N° 135305 (1701363)
IMPRIMÉ EN FRANCE

Éditions Points

Collection Points Signatures

P91. Les Grands Cimetières sous la lune, *Georges Bernanos*
P201. Portrait de l'artiste en jeune chien, *Dylan Thomas*
P261. Remise de peine, *Patrick Modiano*
P419. Les Années de chien, *Günter Grass*
P511. Aventures dans le commerce des peaux en Alaska *John Hawkes*
P658. Une comédie légère, *Eduardo Mendoza*
P728. La Splendeur du Portugal, *António Lobo Antunes*
P980. La Pianiste, *Elfriede Jelinek*
P1145. La Fascination de l'étang, *Virginia Woolf*
P1371. Le Châle, *Cynthia Ozick*
P1428. Une ardente patience, *Antonio Skármeta*
P1578. L'Avortement, *Richard Brautigan*
P1658. L'Épouse hollandaise, *Erik McCormack*
P1843. Le Livre d'un homme seul, *Gao Xingjian*
P1856. Le Jardin de ciment, *Ian McEwan*
P1857. L'Obsédé (L'Amateur), *John Fowles*
P1858. Moustiques, *William Faulkner*
P1859. Givre et Sang, *John Cowper Powys*
P1860. Le Bon Vieux et la Belle Enfant, *Italo Svevo*
P1924. Bright Lights, Big City, *Jay McInerney*
P1925. À la merci d'un courant violent, *Henry Roth*
P1926. Un rocher sur l'Hudson, *Henry Roth*
P1927. L'amour fait mal, *William Boyd*
P1991. Mason & Dixon, *Thomas Pynchon*

P2021. Une saison ardente, *Richard Ford*
P2022. Un sport et un passe-temps, *James Salter*
P2023. Eux, *Joyce Carol Oates*
P2081. G., *John Berger*
P2082. Sombre comme la tombe où repose mon ami
Malcolm Lowry
P2083. Le Pressentiment, *Emmanuel Bove*
P2084. L'Art du roman, *Virginia Woolf*
P2133. Le Saule, *Hubert Selby Jr*
P2134. Les Européens, *Henry James*
P2182. Héros et Tombes, *Ernesto Sabato*
P2183. Teresa l'après-midi, *Juan Marsé*
P2236. Badenheim 1939, *Aharon Appelfeld*
P2237. Le Goût sucré des pommes sauvages
Wallace Stegner
P2278. Le Radeau de pierre, *José Saramago*
P2279. Contre-jour, *Thomas Pynchon*
P2340. Vie de poète, *Robert Walser*
P2341. Sister Carrie, *Theodore Dreiser*
P2342. Le Fil du rasoir, *William Somerset Maugham*
P2432. Les Boucanières, *Edith Wharton*
P2475. La Guerre et la Paix, *Léon Tolstoï*
P2487. La Fille du fossoyeur, *Joyce Carol Oates*
P2564. Mémoires d'un antisémite, *Gregor von Rezzori*
P2565. L'Astragale, *Albertine Sarrazin*
P2604. Nuit et Jour, *Virginia Woolf*
P2605. Trois hommes dans un bateau (sans oublier le chien !)
Jerome K. Jerome
P2699. L'Art et la manière d'aborder son chef de service pour
lui demander une augmentation, *Georges Perec*
P2775. La Geste des Sanada, *Yasushi Inoué*
P2781. Les Enfants du nouveau monde, *Assia Djebar*
P2782. L'Opium et le Bâton, *Mouloud Mammeri*
P2800. Le Voyageur à la mallette *suivi du* Vieux Quartier
Naguib Mahfouz
P2873. L'Amour d'une honnête femme, *Alice Munro*
P2918. Les Deux Sacrements, *Heinrich Böll*
P2919. Le Baiser de la femme-araignée, *Manuel Puig*
P2984. Débutants, *Raymond Carver*
P3005. Docteur Pasavento, *Enrique Vila-Matas*

P3033. Les oranges ne sont pas les seuls fruits
Jeanette Winterson
P3073. Lucy, *William Trevor*
P3105. Les Hauts-Quartiers, *Paul Gadenne*
P3106. Histoires pragoises *suivi du* Testament
Rainer Maria Rilke
P3107. Œuvres pré-posthumes, *Robert Musil*
P3122. Quarante et un coups de canon, *Mo Yan*
P3132. La Fin de l'exil, *Henry Roth*
P3133. Requiem pour Harlem, *Henry Roth*
P3174. Rentrez chez vous Bogner, *Heinrich Böll*
P3175. La Symphonie des spectres, *John Gardner*
P3298. Écoute-moi, Amirbar, *Álvaro Mutis*
P3334. Crazy Cock, *Henry Miller*
P3335. Soifs, *Marie-Claire Blais*
P3336. L'Œuvre de Dieu, la part du Diable, *John Irving*
P3391. Qu'est-ce que vous voulez voir ?, *Raymond Carver*
P3392. La Confiture d'abricots et autres récits
Alexandre Soljénitsyne
P4036. La Maison des feuilles, *Mark Z. Danielewski*
P4073. Fille de Burger, *Nadine Gordimer*
P4139. Le Coq rouge, *Miodrag Bulatovic*
P4166. Cassada, *James Salter*
P4167. Un truc très beau qui contient tout, *Neal Cassady*
P4215. Les Feux, *Raymond Carver*
P4241. Abattoir 5, *Kurt Vonnegut*
P4256. Le Brigand bien-aimé, *Eudora Welty*
P4257. La Coupe d'or, *Henry James*
P4318. Lucky Jim, *Kingsley Amis*
P4319. L'Homme aux yeux gris, *Petru Dumitriu*
P4376. Les Hortenses, *Felisberto Hernández*
P4405. Dingue de la vie et de toi et de tout, *Neal Cassady*
P4495. Solomon Gursky, *Mordecai Richler*
P4496. Les Ragazzi, *Pier Paolo Pasolini*
P4597. Le Passager de la nuit, *Maurice Pons*
P4598. La Grande Forêt, *Robert Penn Warren*